目录

01 —— 一场突如其来的死亡

故事开始于一场突如其来的死亡。

胡婷婷身体坐在教室里，眼睛看着黑板，心却向着窗外。她脑海中挥之不去的那个高大身影，正顶着烈日，在篮球场上苦练着罚球。罚球，想到他一本正经地屈膝、抬肘、抖腕，将球准确无误地投进篮筐，她脸上便不由浮上了笑容。

"胡婷婷。"教语文的班主任齐天叫道。

坐在前排的周冰用后背顶了顶她的课桌。金属文具盒掉在地上，笔尺橡皮撒了一地，她像被惊吓的小猫一样站了起来，手足无措。

"上来把这首唐诗的下句默写出来。"

"哦。"她低垂着头，在周围几声微弱但刺耳的嘲笑声中，缓缓走向了讲台。

"先把地上的东西捡起来！"

"我来我来。"周冰没获批准便离开自己的座位，俯下身收拾地上的残局。胡婷婷白色的皮鞋从她低垂的视线中缓缓划过，就像两朵洁白的云。

晚自习后，胡婷婷依旧和周冰结伴而行。因为临近初中毕业会考，每天的课程都被排得满满当当，导致回家的时间常接近夜晚九点。

“婷婷，你听说了吗？”

“什么？”

“就是那个……”

“什么呀，说。”

“他们说，”周冰顿了一下，回头看了看，“最近这附近不太安全。”

“他们？哪个他们啊？”

“就王猛他们。”

“他们的话你也信啊，吓唬你呢。”

走了几步，胡婷婷突然站住了：“怎么不安全了？”

“你不是不相信他们么？”

“你说说看嘛。”

“他们说啊，”周冰清了清嗓子，“最近这边有个淫癫子出没。”

“淫癫子……”

“嗯，据说他穿件风衣，看到女学生就跳出来，当面把衣服这么一掀……”周冰边说边用左右手将外套朝两侧猛然拉开，然后癫子般狂笑不止。

胡婷婷一时没反应过来，但很快从周冰的笑声中体味出了意思，脸一红。

“有这么好笑吗，你个疯婆娘……”胡婷婷去挠周冰的胳肢窝，“放心吧，就算真有这么个癞子，遇到你算他倒霉。”

“你什么意思嘛！”

两人嘻哈打闹朝家走去。

第二天，周冰便成了整个校园乃至整个县城的风云人物。大家都在传颂这样一个故事：一个初三的女生赤手空拳瞬间摆平了一个祸害已久的暴露狂。他们描述道：当时那癞子猛地一下冲出来，横在她面前，淫笑着撕开自己的风衣，再将下身朝前一挺；只见周女侠面无惧色，冷静异常，抬起球鞋，照准了癞子的要害就是一脚，一声凄厉的惨叫随即划破了夜空。

后来在食堂吃午饭的时候，周冰本人叙述，事实与坊间流传的版本差不离。不过，其中较为关键的一点变成了猥琐男是暴露在胡婷婷而不是她面前的。她与胡婷婷同路，先回的家，总觉得不放心就追了出来，正好看见那不堪的一幕，才奋起踢出那华丽的一脚。

“那色魔可看不上我。我估计他早盯上婷婷了，跟了我们一路。”周冰说这话的时候，嘴里还含着半口饭，左手拿着一个咬剩的鸡腿，右手捏着一个直径五厘米大小的圆形铝勺，脸颊上还沾着几颗饭粒。

周冰身高一米六五，体重接近八十公斤，虽然她才十六岁。她头发自然卷曲，棋盘似的脸上戴着一副酒瓶底厚的黑框近视眼镜；皮肤很白，由于经常挤压粉刺，能明显看到上面遗留的痘印。

她母亲早逝，父亲是个农民。父亲有次去河里炸鱼，被自己研制的土炸药炸开了胸腔，在病床上拖了两年才去世。如今她和聋了一只耳朵的奶奶住在一起。

她是个有自知之明的姑娘，知道自己考不上高中，便索性放开了性子玩。有一次，她告诉胡婷婷，自己最大的愿望是当一名公交车司机。在她看来，每天驾着车带着一群人绕着小县城游览一圈，便是人生最愉快的事情。

她最开心的事情莫过于跟胡婷婷在一起。每每看到胡婷婷白嫩柔弱的样子，周冰就有一种全力保护她的冲动。那天晚上发生的事，换成是其他女孩，周冰可能就不会拥有那么大的勇气和能量了。

胡婷婷完美得让人有些嫉妒。她十五岁，个子和周冰差不多，体重却只有她一半，体型匀称，皮肤白皙，成绩优异，能歌善舞，无论走到校园里的哪个角落，都能引来热切的目光。而且，她的家庭背景深厚，大的不说，至少在这个县城，算得上有些头脸。

胡婷婷最早是被班主任指派过来辅导周冰的。一个成绩好的学生帮助一个成绩差的学生，这样一对一的私下交流学习，在老师看来不失为一种良好的教育方式。但实际情况是，周冰更多时候不是作为一个学习问题的求教者，而是情感问题的倾听者。

胡婷婷对周冰毫无戒备，什么都跟她说，包括暗恋的事情。而周冰则喜欢听她讲这些，偶尔还帮着出一些主意，虽然多数相当拙劣、滑稽而不可行。比如，周冰曾建议她送给他一个篮球，然后在篮球里面塞满自己亲手折叠的千纸鹤，让他在球场上拍打着篮球的同时会时刻想起她来。这项方案最终因为无法将剖开的篮球再次缝合而宣告流产。

“你呢？敢不敢为你的那位疯狂一把？”

“我？免了吧。”周冰谈到自己的感情时，通常都显得很紧张。她暗恋的对象是年轻帅气的班主任齐天，这种事情显然只能存于幻想当中。

“哼，光说不练！”

在即将会考的这个紧要关头，胡婷婷却无可救药地爱着那个男孩。宋毅，全校备受瞩目的男生。虽然她知道这是升学的关键时刻，但多数时候自己的注意力就是无法集中到课堂中来。她在体味暗恋美好情愫的同时，又清醒意识到升不上重点高中所带来的灾难性后果，不由得感到困扰至极。

毕业会考后的暑假，显得漫长而无望。

一个午后，胡婷婷和周冰骑上自行车，来到了距离县城十五公里的红旗水库，作离别前最后的狂欢。一路上，坐在后座的胡婷婷紧紧搂着周冰的腰，后者则用自己宽大的身体为其遮挡住烈日。自行车行驶得非常缓慢，地上的影子像一只踯躅的骆驼。她们尽可能地多说话，毕竟这一别可能是一年、三年，甚至十年，那么，为什么不让今天过得慢一些，再慢一些呢？

去红旗水库得先上一小段非常陡峭的山路，两人下了车，并肩步行。一小段沉默之后，胡婷婷又讲起了她的那个男孩。看着她沉浸其中的样子，周冰不免有些担心。

“你这样暗恋下去不是办法，再说，都毕业了，不是吗？”

“其实，我们已经……”

“啊？已经怎么了？”

“大饼，对不起，我对你隐瞒了一些事情。”胡婷婷通常称呼周冰为“大饼”，取义跟后者的名字和外形都有所关联。

“他在会考前几天给我递了情书。”

“原来你们……”

“嗯，再告诉你一个秘密吧，我和他，接吻了，就在昨天。”

“不会吧……这么重大的事情你都不告诉我？太不够意思了。”

“现在不是说了嘛。”

“已经晚了！”

周冰停下脚步，把手中的自行车往旁边一扔，蹲在地上，脸别向一边。

“自行车都被你摔坏了。”胡婷婷吃力地扶起自行车，“你看，龙头都歪了。”

“赔你就是，有什么了不起的。”

“这是我妈给我买的生日礼物，你赔得了吗？”胡婷婷作势要哭。

周冰回过头来看看胡婷婷，站起来，走到胡婷婷身边，把自行车拿过来，靠着路边的一块大石头试着掰正龙头。胡婷婷见状，“扑哧”笑出声来。

“不生气啦？”

“都气饱了，你真是个千金小姐。”

胡婷婷猛然一下把周冰抱住。

“还是大饼最好，我要一辈子和你做朋友。”

“别肉麻了。看，龙头掰正了。”

胡婷婷抢过自行车：“为了表示对我的惩罚，接下去的路都由我骑车带你。”

“你带我？多长两斤肉吧。”

周冰把短袖往肩膀上撸了撸，露出胳膊，做了一个健美运动员的招牌动作，胡婷婷被此举逗得前俯后仰。

红旗水库始建于一九五八年，主要是作防汛抗旱、农田灌溉以及城镇供水之用，但近年来也渐渐开发了一些旅游项目。游客可以花五块钱雇一条小船（含船夫的费用），泛舟水上，或摆渡到水库尽头的小村子里吃农家菜。

胡婷婷和周冰来到水库旁，但并不雇船游玩，而是拐到了一处人迹稀少的岸边。她们将自行车倒放在一旁，然后脱下鞋袜，挽起裤管，坐下，用脚丫拨弄着有些发凉的水面。

“婷婷，给你看样东西。”周冰从口袋里拿出一张薄薄的卡片。

“身份证？你什么时候领的？”胡婷婷接过来，好奇地看了又看。她只有十五岁，还不到领证的年龄。

“今天早上。我现在可是成年人了。怎么样，要不要借你用用？拿着它保证去游戏厅也没人拦。”

“我才不要呢。本小姐这么美，跟你这身份证照片严重不符。”

“你又笑话我，看我饶不了你。”

周冰去挠胡婷婷的胳肢窝，后者被折腾得躺了下来，连声求饶。

周冰停下动作，躺在她旁边，漫无目的地看着天空中洁白的云朵。

胡婷婷突然有些伤感地说：“大饼，你说，我们十年后还会像现在这样躺在一起吗？”

“当然，我们一辈子都是最好的朋友。”

“嗯，那说好了，不管将来怎么样，十年后的今天，我们还在这里见面。”

“到时候你可能已经是宋太太了。”

“又来了。那你就是齐太太。不对，齐师母。”

两人又是一通胡闹。过了一会儿，胡婷婷提出要下水游泳，周冰摆手拒绝，表示没带游泳衣。

“难道会有你穿的泳衣吗？”

“再说我把你推下去。”

“来啊，怕你呀。”

两人手掌对手掌，嬉笑着相互推搡，突然，周冰觉得手上一空，不到四十公斤的胡婷婷面朝天跌了下去，“扑通”一声激起了千层水花。但见胡婷婷在水中奋力扑腾了几下，便沉了下去，很快，水面平静如初。

周冰看傻了，隔了十几秒后意识到要喊出声来。

“婷婷！婷婷……快出来，婷婷，别吓我……来人哪！救命！”

对面传来了自己的回声。除此之外，周围静得可以听见云飘动的声音。

周冰慌乱地脱下了自己的上衣和裤子，闭上眼睛，捏住鼻子，正打算往下跳，耳边忽然响起了胡婷婷悦耳的笑声。周冰睁开眼，看见胡婷婷浮游于三米外的水面上，满脸水珠冲着她大笑。她黝黑的头发已经打湿，在阳光的照耀下显得亮眼极了。

“你个臭婷婷，给我上来，看我怎么收拾你！”

“你下来啊，我好怕怕哦。”

“我就在这儿等着，就不信你今天不上来！”

周冰说着，发现胡婷婷刻意嘲弄地朝自己身上瞄，低头一看，才发现自己只穿了胸衣和内裤。

“哟，大饼，没想到你还挺风情万种的嘛。”

周冰羞红了脸，赶紧拿过一旁的衣服和裤子套上，嘴上嘀咕着：“说，我让你继续说，待会儿你上来有你好看。”

“在那儿嘀咕什么呢？”胡婷婷喊道。

“没什么！”

“快下来吧，水里很舒服。”

“不去！”

“还在生气啊……噢，我知道了，你不会游泳！”

“我不想学而已。”

“你是怕自己穿泳衣被人笑话才不敢去学吧，哈哈。”

“游你的吧，哪儿来这么多废话。”

胡婷婷在水里扑腾了几下后，游到了周冰旁边。她在水中将自己身上的衣物除下，抛到了岸上。

“你帮我把衣服摊开晒晒，一会儿我上去穿干的。”

“好吧，真拿你没办法。”周冰摆弄着胡婷婷的衣服，猛然想起一件事，回头说，“你没穿衣服？”

“怕什么，又没人。”

说完，胡婷婷就游开了。她游泳的姿势非常舒展，身体融入水中，就像一条完美无瑕的美人鱼。看了一会儿，周冰觉得有些疲倦，便躺在岸边小憩了一下。

等她醒来的时候，天色已经有些阴沉，天边似乎有雨水要落下。她坐起身，用视线搜索了一下水面，很快便发现了胡婷婷。

胡婷婷正以仰泳的姿势朝她游来。她洁白的身躯熠熠生辉，半个乳球时而高出水面，青春的美好透亮而深刻。她挥舞着两条细长的手臂，在波澜中平稳前行。

突然，周冰察觉侧前方的树丛有人影晃动。

她急忙站起来，刚想喊叫。就在这一瞬间，水上的那双臂膀像被折断般失去控制。胡婷婷整个身体曲成了一团，双手抱住自己的右腿，在水中奋力翻滚。水浪被击打得混乱不堪，美人鱼像被鱼叉刺中一般痛苦挣扎，很快耗尽了自己的能量，朝水底沉去。

岸上的周冰目睹了整个溺水的过程，完全吓傻了。她不断试图说服自己，这不过是胡婷婷另一次手段高明的小小把戏。

后来，河滩上围满了前来看热闹的人。大家议论纷纷，猜测淹死的人究竟是谁家的孩子。

在他们的脚下，在平静的水边，在闪亮的鹅卵石上，摆放着一具尸体。

一具赤裸、干净、年轻的男性尸体。

02 诡异的女人

十年后。

夏日的夜晚沉闷得令人窒息。

周冰驾驶着从城东到城西的末班车，穿过依旧喧闹的市中心，驶上了最近扩建成功的世纪大道。大道宽且新，两旁几无树木，十余米高的路灯十米一立，照耀着前行的坦途。两侧，相对而立、数十层高的新建商住楼盘正跨步修建中，建筑工地时而震响的大机器如怪兽，吞噬黑夜，嚎叫空灵。

这个时间，这座城市，这条街道，不太可能有人。而车上，也仅仅只有两个乘客。一个脱了皮鞋、躺在后排座位上如睡死了般的醉汉，一个戴着墨镜、靠窗而坐的年轻女子。

按照公司规定，她把车厢内的灯全部关了，唯有少许的月光和路灯昏暗的光从窗外照射进来，加重了车内的宁静。

在倒数第二站——司前街，那位醉汉猛地站了起来，慌乱地套上鞋，摇摇晃晃地走到门边，大力拍打车门。她朝车内后视镜看了一眼，按下电动开关，车门“哗”地朝右侧折叠过去，醉汉瞬间扑了个空，跌跌撞撞下了车，差点摔一个大跟头。她按下车门开关，踩下油门，右后视镜中醉汉伏地而吐的景象随着距离的拉大越发微小起来。

下了班，她在公交总站更衣室里换下工作服，拎着半透明的褐色茶杯来到院里的自行车棚，把茶杯横放进电动车狭小的后备箱内，将车缓缓推了出来。在大院门口，她跟传达室的老李打了个招呼，然后将自己硕大的臀部堆上了坐垫，扭动把手，便“呼”的一下冲进了夜空。

拐过一条街，进了小区，又行进了一段距离，周冰到达了自家楼下。将车锁好后，她用门禁打开楼门，然后开始艰难的爬楼历程。她家在六楼顶层，上到每一层的拐角，她就用力跺一下脚，头顶的感应灯瞬间点亮楼道。

听见动静的齐天披上外衣，打开房门，等待周冰的回归。他原本在看当地电视台夜间档的一部国产连续剧，后来在沙发上不知不觉睡着了。

一切安置妥当后，齐天给她放好洗澡水，便关了电视，先上了床。浴室里，她先用手试了试水温，然后摘下眼镜，脱掉衣裤，前后脚踏进了浴缸。水慢慢溢了出来。

神经终于松弛下来，她于是有了些思考的气力。嫁给齐天这三年来，她几乎每天都重复着这样的生活。齐天的这种体贴换作别人也许会感觉幸福，但对她而言只不过是一种毫无意义的枯燥和乏味。习惯就好，这是她最常对自己说的一句话。

水冷却得很快，她稍稍泡了泡，便急匆匆地从浴缸里爬出来。披上浴袍，她将浴镜上的雾气用手擦拭开，拿出吹风机对着镜子吹了会儿头。看着镜子里的自己，她觉得有些好笑，又有些难过。

从浴室里出来，她顶着蓬松的卷发，拖着自己硕大的身躯晃晃悠悠地进入卧室。床头柜上开了一盏橘色小台灯，丈夫齐天靠在床上阅读一本情感类杂志。她走到床边，将被窝掀起一角，费力地钻了进去。

当齐天在她身上蠕动的时候，她却在想着另一个人——她曾经最好的朋友。大概还有三个月就到那个日子了吧。每次一想到那个日子，她就异常激动，同时也为自己惨重的付出而感到难过。

还好，屋内漆黑一片。齐天每次与她做爱，都喜欢把灯关掉，这也给了自己掩饰的好机会。通常在黑暗中，她才能轻易地触摸到可怕的真实。

忙活完后，双方各自清理了一下，丈夫翻过身去，很快就打起了鼾。她却毫无睡意。她感觉到饥饿，便打开台灯，下床，披上外套，来到客厅。这些年她已经养成了习惯，喜欢在家里备一些甜点和饼干，用以应付随时可能到来的饥饿。齐天虽然已经三令五申要求她减肥，并多次找到这些藏匿很深的储备粮，没收或销毁，但依然不能阻止她这样做。她和别的胖姑娘不一样，从来就不会因肥胖而感到悲哀，最多也只是在行动不便、气喘吁吁之时，发点小牢骚罢了。

她发现自己藏饼干的罐子里空空如也，冰箱和厨房连一丁点儿吃的都没有，就连她放在电视机后面的浓香椰子糖也不见了。她用玻璃杯接了杯水，有些伤感地坐在沙发上，一仰头把水都灌进了喉咙。就在她低头喘息时，茶几下层一个半开的食品包装袋映入了她的眼帘。

她把杯子放在一旁，轻轻拿起包装袋，打开一看，顿时嘴里分泌出大量唾液。里面有一块巧克力蛋糕派，她立刻狼吞虎咽地干掉了它。

第二天一早，齐天并没有提起蛋糕派的事情，只是简单扒了两口妻子熬的南瓜粥，便匆匆忙忙上班去了。周冰收拾完碗筷，然后去了趟菜场。因为这段时间上的是晚班，她只需在傍晚六点前赶到公交总站即可。

到了下午两点多钟，她关掉看了一半的韩剧，上床睡了一觉。大概一个小时后，她被一个电话吵醒。电话是齐天打来的，说单位同事聚餐，晚上不回家吃饭了。通完电话，她看了眼时间，便倒下头去继续睡。

后来，她是被热醒的。她从床上坐起来，口干舌燥，头昏脑涨，身体像被淋了水一般湿透了。她走到立式风扇旁，尝试着拨弄了几下开关，发现无济于事，又来回按了按墙上的开关，才确认家里停电了。待看清楚墙上的时钟——四点五十分，她开始清醒了一点，走到卫生间冲了个凉，换了套清爽的衣服，然后用热水瓶里的温水泡了碗中午剩下的冷饭，就着一个咸鸭蛋和腐乳，痛快地扒拉了几口，便出门了。

在楼梯口，她特意去看了看电表，发现里面仍剩余一百多度电。

奇怪的是，今天，她又见到了那个戴墨镜的女子。而且，仍旧是末班车，仍旧是昨天的那个位置。

到了终点站，她刻意把车厢内的灯全部打亮，但该女子似乎有意遮掩住自己的脸庞，下车后头也不回地朝后方走去。唯一给她留下深刻印象的是，那女子穿了一双后跟高而尖的皮鞋，走起路来"噔噔"作响。

回到家后，齐天出乎意料地已经睡着了，她只好把动作放轻一些。洗完澡出来，她注意到茶几的下层与昨天同一位置，又放了包封口打开的巧克力蛋糕派。她犹豫了一下，没去碰它。

在进入睡眠之前，她突然意识到，电已经来了。

第二天是周六。通常这样的假日，是齐天给她做早饭的，而她则可以踏踏实实睡一个懒觉。果然，等她睁开眼时，厨房里已经飘出了煎蛋的浓香。

她穿上家居服，伸着懒腰走了出来。她有意看了看茶几下层，发现蛋糕派已经不在那儿了。她走到印有名牌跑车照片的挂历前，取下它，将最上面的一页翻过去，稍稍整理，又把挂历挂回到了墙上。又是新的一月开始了，这意味着距离那个日子正式进入倒计时。

刷牙的时候，由于心不在焉而刷破了牙龈，她吐出一大口红白交融的牙膏泡沫。

下午，周冰让齐天陪她去商场转转，买几件衣服。

一路上，她勾着丈夫的手臂，微笑着迎接众人异样的眼光。的确，齐天年龄不到四十，一米八的个头，相貌标致，虽然顶着个中年男人惯有的小肚腩，走路稍稍有些驼背，但依然不失为一个有魅力的男人。而这样的人与周冰站在一起，难免会让他人心生嘲笑。

说是逛街，其实对于小县城的人来说，也没什么可去的地方。中心区域就只有一个商场，上下四层，连电梯都没有，而且每到周末，各乡镇的少男少女都“上街”来了，人多得让人失去了仔细挑选的耐心和欲望。

周冰给丈夫挑了一双皮鞋，给自己买了一件淡蓝色的长款连衣裙，由于店里没有她的号，热情的店员还特意跑了一趟仓库。穿上连衣裙的周冰很是高兴，在试衣镜前比画了好久。说实在的，肥硕的她极少穿裙子，今天穿上心里却十分坦然，并且把店员和丈夫虚伪的赞美之言吸纳进了心里。

后来趁丈夫去洗手间的空隙，她还去卖游泳衣的柜台转了转。在售货员不怎么热情的介绍下，她挑了一套游泳衣，连体式。她已经很多年没有游泳了。

在回家的路上，她还拖着丈夫进了一家珠宝店。她兴致颇高，而齐天却表现出了不耐烦。看着一款自己中意的鱼纹黄金戒指从小手指上被拔出、退回，她不免感到失落。

吃过晚饭，齐天陪着她坐在沙发上看了一部迪士尼动画片。两人被片中夸张而有趣的卡通人物逗得开心不已。十点钟左右，他们分别洗漱完毕，上了床。

让她感到不舒服的是，齐天这次动作非常大。他趴在她身上喘了几口粗气后，用手捏着避孕套的边缘退了出来。

“糟糕，破了。”

她感到一阵厌恶，将齐天推到一边，迅速去卫生间冲洗了一下。

当天晚上，她再一次失眠了。不知为何，她想起了那个在公交车上戴墨镜的女子。

“她是谁？这段路上的乘客非常少，如果以前坐过我的车，应该会有印象，可是她……”她被这个问题纠缠了很长时间，最终被肚子里发出的一声“咕噜”打断了思路，于是，穿衣下地。

令她疑惑的是，客厅的茶几下层竟然又放了一包开过封的巧克力蛋糕派。没道理啊，刚才确实是齐天比自己晚进房间，可他为什么要这么做呢？他不是一向反对自己夜晚吃零食么？而且这已经是第三次，偷偷摸摸的，又不是什么大不了的事情，为什么都不跟自己说一声？

她这么想着，走过去，拿起蛋糕派，狐疑地闻了闻，随即就打消了疑虑。她微微一笑，心想：我这是怎么了，居然怀疑起自己丈夫。

虽然给了自己安慰，她在吃的时候速度还是慢了不少，甚至细细品味起来。最终，她剩下一小块，包好，塞进了挂在门口的上衣口袋里。

第二天同样是休息日。周冰本来想看看齐天的反应，但他却对蛋糕派的事只字未提。早饭后，他说约了同事打麻将，强调可能要在外一整天，让周冰自己安排，便出门了。等他走了之后，周冰反锁好门，把前一天在商场买的游泳衣拿了出来，在大衣柜上的穿衣镜前比画了一下，然后除去衣服开始试穿。

当她穿上那套黑色连体游泳衣，在镜前来回走动的时候，她突然感到一阵强烈的晕眩，紧接着呼吸不畅，眼前一黑，便倒了下去。趁着还有一丝意识，她奋力朝电话机爬去，然后艰难地按下了齐天的手机号码。

“对不起，您拨打的电话暂时无法接通。”

她这才想起自己根本儿不知道齐天去哪个同事家打麻将了。结婚这三年来，除了婚宴那天，她压根就没有见过齐天的任何同事。对了！想起来了！婚宴那天……那个女人的脸，冷酷而写满恨意的表情，不会错的，即便戴了墨镜。

随即，她昏死了过去。

03 中毒

先是救护车警报声，然后是嘈杂、繁乱的人声。周冰感觉自己被抬上了担架，左拐右拐下了楼，最终被塞进了车内。

她隐约听到齐天在呼喊她的名字，但又不确定，直到周围的所有声响像被谁拧小了音量旋钮，才又昏睡过去。

再次睁开眼时，她发现自己躺在一个陌生的环境中。窗外漆黑，四周安静极了，这让她感到踏实，同时有一种大梦初醒的感觉。

她试着坐起来，摸索着打开床头的台灯，“啪”，瞬间的强光照得她睁不开眼。适应了一会儿后，她摸过放在床头的眼镜，戴上，才看清屋内的环境：这是病房，房内有六张床位，三三相对。她睡在最里靠墙的一张铺位，旁边的另外两张床上也睡了人，对面的三张床只有靠门的那张上有人，剩下的则空着。

这时，她有了一丝便意，便掀开身上的被单，下地，蹲身找鞋。等她再次抬起头，眼前猛然出现了一张人脸，吓得她差点失禁。

“你醒啦？”齐天笑嘻嘻地看着周冰，问了一个不算问题的问题。

她傻傻地点点头，挣扎着要站起来，齐天伸过手去，刚碰到胳膊，她就像被刺了一下弹开了。

“你要去哪儿？”

“厕所。”

“我陪你一起去。”

“别……不用了。”

她绕过齐天，看见隔壁床空了，才知先前是他睡在上面。她把手臂锁在胸前，飞快地朝门口走去。当她打开门的时候，靠门口那张床上的人猛地翻了个身，吓得她迅速逃离。

门外是一条非常狭长的走廊，前方十米处就没了灯光，如同一个没有尽头的黑洞，回过头来，可以看到走廊的尽头是一处丁字拐角。她犹豫了一下，选择掉头。

紧张、害怕的心情迫使她的脚步越来越快，后来干脆小跑起来。她甚至感觉到齐天已经追出来了。她加快步伐，庞大的身躯使得鞋底与水泥地板接触发出“嘭嘭”声响，在空旷安静的走廊里听上去尤为巨大、刺耳。不过她管不了那么多了，以一颗出膛炮弹的姿态义无反顾地朝前冲去，在快接近拐弯的地方，她做了一个朝左转的决定。

这个决定的后果就是，面前出现了一条虽有廊灯但更为狭长的走廊。更让她恐惧的是，每跑过一个地方，身后的灯就灭了下去，仿佛追赶她的是一头吞噬光明的巨兽。

她已经是满头大汗了。她察觉到自己浑身都已湿透，汗液顺着肌肤往下滑去，“滴滴答答”地掉落在地板上。她的心跳频率也达到了顶峰，脚却像踩在沙地里一样使不上劲。她感觉自己快不行了，但求生的本能提醒她绝不能放弃。她拖着双腿，艰难地朝前奔走，想喊，张大了嘴巴却发不出任何声音。最终，她体力不支倒了下去，侧身躺在地上，任凭嘴和鼻释放着粗气。

有那么十几秒空气是凝固的。

接着，一只手抓住了她的胳膊。

她猛然睁开眼睛，从床上直挺挺地坐起来。

屋外的阳光将病房照得异常明亮。床头柜上摆放了一束康乃馨和一个果篮，旁边是一根挂着药水瓶的金属支架，从瓶口牵下来的注射针头插在她的左手手背上，上面交叉贴着两块白色胶布。一些液体顺着透明的管子流下，进入她的血管。

一名护士在逐个给病人检查病况。不一会儿，护士来到她身边，看了看吊瓶的余量，调整了出水口的开关，转身打算离去。

“护士……”

“什么事？”护士转过头来，看着她。

“你能不能帮我一下，我想上厕所。”

“呃……医生叮嘱你不能乱动，这样吧，我去叫你先生。”

“他在哪儿？”

“他就在外面。”

护士出去了不到半分钟，齐天就急匆匆地跑了进来，后面还跟了一个穿白大褂的女医生。

“你醒啦，冰冰，看到你没事我就安心了。”

她的眼神绕过齐天，直勾勾盯着那位医生。医生冲她微微一笑。

“哦，对了，忘了给你介绍了。”齐天站起来，侧过身子，“这是杜鹃，是你的主治医生，也是我的老同学。”

“你好，周冰。”杜鹃依然是那副含笑的样子。

“老同学？”她仔细端详了一下杜鹃。一个气质不错的中年女人。

“没错，高中同学，巧吧？昨天送你来医院的时候，正好她值班。”

“也不算巧啦，这个县城就这么点大，转来转去都是熟人。”杜鹃把双手插在白大褂两侧的口袋里，左右摇晃，显得有些淘气。

“总之，谢谢你。”

“哪里的话，老同学嘛。”

她试图打断丈夫与老同学之间的客套：“杜医生，我得了什么病？”

“检查结果显示……”

齐天突然插嘴：“杜鹃，你有事赶紧去忙吧，这里有我照顾就行了。”

杜鹃微笑着说：“哦，那好，主任那儿找我呢，你们夫妻俩聊，有需要直接去办公室找我，我一天都在。”

待杜鹃走后，齐天剥了一个香蕉，递到她面前，说：“饿坏了吧，先吃点。”

她推开齐天的手。

“说吧，我到底得了什么病？”

“没什么，就是劳累过度，休息休息就好了。”

“没什么？”

“是啊，不信？真没什么。”

“说实话。”

“这就是实话啊。我什么时候对你撒过谎？”

“真没什么？”

“真没什么！”

她不再问下去，因为从他那儿是得不到结果的。看着齐天满脸真诚的样子，她突然感到一阵恶心。

经过先前的一阵喧嚣，此刻的病房内突然静了下来。她观察了一下，发现靠门口的那张床位旁边摆放了许多礼品，一个看上去只有十四五岁的小女孩正在整理东西，床上躺着的病人整个人都埋在被窝里，只露出一截长长的头发。另一边的床位上躺着的一个老头，直挺挺的，一动不动。

“那老头中风，估计快不行了，到现在他孩子都没出现过。”齐天悄悄对她说，“可怜的人啊。”周冰听了心里堵得慌。

“我去上个厕所。”

齐天叫来护士，拔了她手上的输液管，周冰在丈夫的搀扶下走出病房。

在卫生间的隔间里，周冰听到似乎是两个护士在聊天。

“昨天那中毒的女的怎么样了？”

“咳，没死。”

“听你口气好像挺希望人死似的。”

“那倒没有，我只是挺看不起这些动不动就自杀的女的，不就为了个男人么，要死要活的……”

“哟，那你和李医生……”

接着就是一番打闹，她没兴致再听下去了，提上裤子走了出来。两个护士见她出来，立即停止打闹，挤眉弄眼地出去了。她走到洗手池旁，用冷水洗了把脸，又对着镜子整理了一下头发。出了厕所门，齐天正靠在墙上吞云吐雾。

“怎么了？”

“没什么，走吧。”

住院部的前方有一大块草坪，是供病人休憩和散步的。周冰感受着迎面而来的微风，头脑清醒了不少。

“你怎么抽起烟来了？”

“觉得有些困，提提神。”

“昨晚没睡好？”

“怎么可能睡好，你都这样了……”

她突然想起了昨夜那个噩梦。“医院让人不舒服，我想回家。”

“再留院观察两天吧，我怕万一有什么问题……”

“有什么问题？你不是说是劳累过度么？”

“是……可是，多休息总不是坏事，再说了，医院里毕竟有护士照顾你。”

“还有杜医生。”她冷冰冰地说。

齐天听出了弦外之音，说：“你今天说话怎么阴阳怪气的？”

“没什么。”周冰不打算这么早跟齐天摊牌。还有三个月时间，熬过去就可以什么都不在乎了。

“我扶你回病房休息吧，外面风大。”

“不用了，我还想再待会儿。”

“那你自己注意点儿。我得去单位，只请了半天假，领导估计要着急了。”

估计是老相好要着急了吧。周冰想起那个女人的脸，心里一阵厌恶，把脸别向一边。

“有什么事找杜医生帮忙。”齐天临走前丢下这么一句话。

回到住院楼后，她直接去找了杜鹃。她渴望从后者那儿得到一些有用的信息，顺便请她给调一个病房——她害怕再见到屋内的那幅凄惨场景。

杜鹃的办公室在医院的三楼，她问了值班护士才找到地方。她敲门进去的时候，杜鹃正在向一位病人分析血液化验单。

“是你啊？”杜鹃抬头看了她一眼。

“哦，杜医生，您先忙，我待会儿再来。”

她说着就打算掉头离去。

“不用。你先在那边坐一会儿，我很快就好。”

她走到杜鹃所指的椅子旁，坐了下去。这间办公室不大，却布置得非常温馨，有盆栽，有书柜，还有一个可供躺下休息的布艺沙发。办公桌上摆着几件毛绒玩具，旁边的墙上贴有一幅婴儿的贴画，墙角还有一个婴儿推车，里面鼓囊囊的似乎睡着个小生命，斜挂在推车上的奶瓶里仍有小半瓶牛奶。要不是眼前正有病患在诊病，根本看不出这是一个医生的办公室。

“看情况，你是血液中毒了。昨天吃了什么不干净的东西吗？”

“没有啊。”说话的是一个十七八岁的女孩。

“仔细想想。”

女孩抓了抓染成金色的头发，说：“噢，想起来了，吃了一盒鸭脖。”

“有没有注意生产日期？可能是鸭脖变质了。”

“不会吧，我经常吃也没什么问题……”

女孩刚想辩解，发现杜鹃正冷冷地看着她，赶紧吐了吐舌头。

“我给你开点药。”杜鹃边说边写，“按照上面的说明服用。记住，还是得注意饮食卫生。”

“知道了。”

女孩拿着药单，低头走了出去。杜鹃整理了一下桌面，然后招呼她坐过来。

“现在的小姑娘啊，活得太不健康了。”杜鹃用一次性杯子倒了杯水递给她，然后回到自己的座位坐下，“怎么样？感觉好点了吗？”

她轻轻地点了点头。

“杜医生，我究竟得了什么病？你能告诉我吗？”

“怎么？齐天他没告诉你？”

她摇了摇头。

“这个齐天，真是，又不是什么大病，有什么好隐瞒的。”杜鹃看了看她，“你啊，其实就是有点低血糖。”

“低血糖？！”她吃了一惊。

“是啊。”

“不是中毒？！”

“中毒？”杜鹃一愣，随即大笑起来，“哈，你听谁说的？”

“我听……”她犹豫了一下，“可……可我为什么会昏迷呢？”

“这很正常，低血糖最常见的病症就是浑身乏力，心悸，有饥饿感，严重的会导致昏迷，甚至休克。”

“但是，我以前为什么没有这样的情况？”

“这跟劳累过度有关。”杜鹃见她还在犹疑，便安慰她说，“只要好好调理，是不会有太大问题的。”

“会死吗？”她突然问。

“看你，想到哪儿去了？”接着，杜鹃话锋一转，“但正像你担忧的，这病可大可小，你最好是随身携带一点饼干、糖果之类的小食品，在发病的时候可以顶一下。”

“嗯。我知道了。”她站起身，“谢谢你，杜医生。”

“不客气。你最好在医院再休养两天，有什么事再找我。”

“对了。”她想起换病房的事，“能不能帮忙给调一下病房？”

“调病房？为什么？”

“住得不太舒服……”

“这事有点难办，最近床位有点紧张……”

“那……算了吧。打扰了。”

“你等一下。”杜鹃从抽屉里拿出一个精美的圆形铁罐，递给她。

“这是病人送我的比利时巧克力，没开封，我不爱吃甜食，你拿去吧。”

“这怎么好意思。”

“你就别客气了。齐天跟我是老同学了，以后有事找我，他的事就是我的事。”

这样一说，她只好将铁罐抱在了怀里，朝杜鹃点头致谢。临走前，她本想看一下墙角推车里的孩子，但想了想还是作罢。在医院走廊的公用电话处，她给单位打了电话，申请病假一天。回病房的途中，路过垃圾桶，她随手将那罐巧克力原封不动地扔了进去。

在楼梯口，她看见已经离开的齐天又折了回来，行为鬼祟，像个罪犯。

04 谋杀现在开始

在周冰的强烈要求下，第二天一早，齐天便给她办了出院手续。离开医院的时候，齐天和她去了杜鹃的办公室告别，却被告知杜医生下午才来上班，他们便让同科室的医生代为转告谢意。

齐天骑着电动车带她去一家米粉店吃了早饭，之后把她送回家，嘱咐她好好休息，便上班去了。

她在阳台的躺椅上看了会儿书——《呼兰河传》，作者是二十世纪三四十年代的天才女作家萧红。这本书她已经看了很多遍了，每次看都感觉非常温暖，但这一次，她翻了几页，心思却没在上面。

她把书放下，来到客厅，从CD架上翻出那张最爱的贝多芬精选，放入唱机，选择第七首《第5号小提琴奏鸣曲（春天）》，扭大音量的旋钮，悠扬的音乐从日本原装进口组合音响里飘了出来，即刻充满了整个屋子。这套音响是她和齐天结婚时买的，花了两万多块。古典音乐曾经是齐天的最爱，如今被遗弃在角落已经很久了。

不单单是音乐。橱柜里的那瓶红酒，开了后只喝过一次，剩下大半瓶用木塞封存了起来，她甚至还清晰地记得齐天为了找一把漂亮好用的开瓶器跑遍了整个县城；那套从江苏宜兴带回来的紫砂茶具也早被塞进橱柜，去年留下的碧螺春由于前段时间的梅雨天气已生出了霉斑，齐天那套引以为傲的功夫茶道再也不见他耍过。

在洗衣服的时候，她突然想起了前两天吃剩后塞进口袋的蛋糕。她急忙找到那天挂在门口的外套，还好，蛋糕还在。她将它包好，放进挎包，换上衣服出了门。

此时已经接近下午一点，烈日当空，街上行人稀少，车辆也看不到几辆。她戴着能遮住面部的遮阳帽，骑着电动车往城南郊外而去。在路上，她看见有卖冰棍儿的，便停下来买了一根芝麻雪糕，找了个阴凉处迅速吃完，之后用手背将嘴简单一抹，又骑车上了路。

出了城中心，路边的风景渐渐有了变化。这条路的两旁都栽满大树，茂盛的枝叶交织在一起，如巨伞般笼罩着整条道路。偶尔有几辆运输货物的大型卡车呼啸而过，掀起阵阵尘浪，她便腾出一只手来，捂住呼吸沉重的口鼻。

就这样骑了二十来分钟，她跟从一个路边指示牌，拐进了一条小道。很快，她在一幢挂有“鹤舞医学生物研究所”招牌的小楼前停下来。

她跟传达室的大爷说明来意，后者便打了个电话。不一会儿，一个身材健硕的男人从里面迎了出来。

“哟，什么风把你给吹来了？”

“找你帮个忙。”

“走，先进屋坐坐。”

“等等。”

她将电动车锁好，把里面的充电电源提出来，然后拿到传达室，插上插座充电。

“谢谢，大爷，我很快就来取。”

她跟着那名男子走入小楼，坐电梯上了三楼，又拐进电梯旁边的那个房间。一进屋子，一股强有力的冷气扑面而来，她不由得打了个冷战。

“你这工作貌似还挺清闲的，”她看见他的办公桌上摆了一副象棋，“还有工夫琢磨这玩意儿。是吧，王猛？”

王猛见她的手就要碰到棋盘了，赶紧过来制止。

“别动手，大姐，有事说事，别乱了我的残局。”

她从衣兜里掏出那块包好的蛋糕，递给王猛。

“帮我化验一下。”

“什么玩意儿，这是？”

“就帮我化验一下，看看里面会不会……”

“怎么？”

“有毒。”

“有毒？！开什么玩笑？谁给你下毒了？”

王猛接过包，打开包装，看到了里面的蛋糕派。

“现在还不确定，所以找你化验来了。”

“你没逗我玩吧，大姐？”

“你看我像吗？老同学一场，你就帮我看看。”

“看是可以看，但今天实验室在做项目，得到下班后才能空出来，要不这样，你先回去，晚上我给你家打电话。”

“晚上我要上夜班，你打我单位电话。”她在一张纸上写下了一个号码，递给王猛，“我大概九点半会回到公交总站，到时候你就打这个号码。”

王猛接过纸条，看了一眼放进了上衣口袋。

“你就不能买个手机吗？都什么年代了。”

“不了，嫌麻烦。”

“行吧。”他看着她的眼睛，说，“你是不是出什么事了？”

“没有。”

“真没有？”

“你就别问了，化验结果一出来就通知我。对了，托你查的那件事怎么样了？”

“在搜集证据。很快就有结果了。”

“太便宜他们了。”

“有些事情做了不值得。”

王猛盯着她的眼睛。两人一时间无语。

“差点忘了，下个月初，咱们初中同学搞聚会，你也来参加吧。到时会有一个大大的惊喜。”

“什么惊喜？”

“到时候你就知道了。”

离开的时候，她差点与一个急匆匆走过的男人撞个满怀。

从王猛那儿出来，已经是下午两点一刻。她骑车去了趙县中心最大的超市，买了两块腌制好的生牛排，一点洋葱，一斤土豆，以及一把小葱。此外，她还买了一个应急灯和一大包牛奶花生糖。

回到家，她给齐天打了电话，让他下班后早点回家，一起吃饭。挂了电话，她便去厨房忙活起来。

她先将土豆洗净，连皮直接扔到锅里去煮。煮烂之后，再将皮剥掉，倒进一个金属器皿里，用木杵将土豆捣成泥，放上盐，再用保鲜膜密封，放进冰箱保鲜层。最后，她将那瓶喝剩的红酒打开，倒进醒酒器里。

做完这些，她看了看时间，预计齐天快回来了，便开火，在平底煎锅里倒入一些橄榄油，加热，然后煎起牛排来。

齐天进屋的那一刻，牛排正好大功告成。周冰从冰箱里拿出做好的土豆泥，往高脚杯中倒上三分之一杯红酒，点亮烛台上的蜡烛，然后心满意足地坐到餐桌前，用那双肥硕的手掌托着下巴，笑嘻嘻地看着齐天惊诧不已的脸庞。

“今天这是怎么啦？”

“先吃。吃完再说。”

齐天将公文包放在一旁，坐了下来。

“来。”她端起酒杯说，“我俩好久没这么一起吃过饭了，干杯。”

不等齐天反应，她就用自己的酒杯碰了碰齐天的，然后一仰脖子，干了。齐天见状，也只好硬着头皮喝干了杯中酒。

“再来。”

她话音刚落，齐天像听到命令一样，急忙起立给她倒酒。接着，两人一碰杯，又一饮而尽。

当她的手再次伸向酒杯的时候，被齐天一把按住了。

“对了，你晚上不是还要出车吗？再喝就成醉酒驾驶了。”

“没事，这点酒醉不倒我。”

“胡说八道，你可是掌握一车人的性命呢。别喝了，快，先吃牛排，然后去卫生间用凉水洗把脸。”

她松开了酒杯，拿起刀叉，认认真真地吃起牛排来。由于切割牛肉的时候用力过大，刀具与瓷盘之间发出了刺耳的摩擦声。

“你今天这是怎么了？”

她低头不语，仿佛没听见。

“昨天在医院我就感觉你有点不大对劲。”

“快吃吧，牛排一凉就咬不动了。”

“我问你话呢。”

“我们离婚吧。”她语气轻松地说道。

“离婚？”齐天显得很惊讶，但她觉得，这份惊讶有表演的成分。

“嗯，离婚。”

“你一定在跟我开玩笑。”

“不开玩笑。”

“这……为……为什么啊？”

“不为什么。”

“不为什么又是为了什么？冰冰，你告诉我，到底发生什么事情了？”

“没事，你别烦了。”

“到底谁烦了？你真是莫名其妙！”

“随你怎么说。这几天我们就去民政局把手续办了。”

“我不去。你不给我个理由，我是不会同意离婚的。”

“你要的理由我会给你的。从今天开始，我们分开睡。”

“冰冰，你先冷静点。”

“我很冷静。”

这天晚上，她将车开得很慢，如同在驾驶一辆大型景区里的游览观光车。她将窗户打开，车厢内的灯也全打开，大巴像一只浑身会发光的虫子，缓缓行进在夏夜当中。

她在等一个人。

她几乎敢肯定，那个戴墨镜的女人今晚一定会出现。她甚至担心那女人常坐的位置会被其他人占据。幸好，那里空着。

她告诉自己，如果再次看见那女人，只需要半秒钟，短短的半秒钟，她就能确认那个女人的身份。她有这个把握。但即便真是她认为的那个人，她也不会去拆穿。她觉得完全没有那个必要。

大巴是自动投币式的，但凡上车的人均要从前门也就是她的面前经过，或者投币，或者刷卡，不可能逃过她的眼睛。可为什么她之前就没注意到那个女人呢？

车行驶得确实缓慢，以至于身后传来了一两位乘客小声抱怨的声音，但这些抱怨声很快就飘出了窗外。

在县中心的百货商场门口那一站，一窝蜂上来了十几个人，均为二十出头的姑娘，叽叽喳喳的。她知道，这些姑娘都是商场里的营业员，现在正是她们的下班时间。

正当她准备关上车门的时候，一个熟悉的身影上来了。黑色连衣裙、高跟鞋、披肩直发，外加一副方大的墨镜遮住了大半个脸庞。

确实，正如之前所猜测的，这个女人就是那位曾经在她和齐天婚礼上出现过的女同事，即便戴着墨镜，周冰也能百分之百地确认就是她。

如果没记错的话，这个女人叫王雪梅，当时与齐天邀席敬酒的时候，这个女人是丈夫所有女同事中最漂亮的，所以周冰印象深刻。就是这个王雪梅，那晚喝得烂醉，并时不时冲她投来挑衅的眼神。凭一个女人的直觉，她当时就感到不对劲，但最终还是被婚礼琐碎繁杂的事务冲淡了记忆。

随着终点站越来越近，车内逐渐空了起来。她很快发现，王雪梅又坐到了之前常坐的那个位置上。她不停地从后视镜中观察王雪梅，而后者对这一切并不知情，只是将视线投向窗外。

在倒数第二站，车内已经只剩下她们俩，这时，她突然改变了主意。她觉得在这件事情上，自己不应该太过被动。于是，她猛地踩下了刹车，惯性使得王雪梅撞到了前排座椅上。

她将车内的灯再次打亮，然后拉起手刹，熄灭发动机，从座位上站了起来。

她走到王雪梅的身边，看着后者低着头，惊慌失措地捡起掉落在地上的墨镜，戴上，嘴里骂骂咧咧。

“你有毛病啊！怎么开的车啊你？！”

对方居然率先展开了攻势。

“王雪梅！”

王雪梅这才抬起头，仔细端详她的脸。

“你谁啊？”

“你是王雪梅吧？”

“是啊，你是？”

“我是齐天的爱人周冰。我们见过面。”

“齐天……噢，我想起来了，我参加过你们的婚礼。原来是你在开车，我说怎么这么面熟呢。”

“是呢。我也是刚认出你来。”

“哦……好几年没见到齐天了，他最近怎么样？”

“他……就那样吧。你好几年没见他了？”

“对啊。我早就不在那个学校了。”

“哦，是吗……”她开始觉得有些紧张了，“刚刚实在是不好意思。”

“没事的。”王雪梅朝窗外看了看，“我就在这站下。”

“唔……你怎么晚上还戴着墨镜呢？”话一出口，周冰觉得有些唐突，但已经来不及收回了。

“我的眼睛……”王雪梅的声音突然哑了下去，只见她将墨镜往上抬了抬，随即露出了左眼——眼球呈灰白色，黯淡无光，“两年前出了场意外，就这样了。”说完，她将墨镜推复到原位。

“真对不起。我现在就送你回去。”

“不用了。这里离家已经不远了，你开门，我下车走走。”

她打开了车门。王雪梅下车的时候，回过头来冲她笑了笑。

“再见，周冰。”

"再见。"

看着王雪梅踩着高跟鞋离去的背影，不知道为什么，她忽然有一种毛骨悚然的感觉。

不是她。

齐天在外面一定有另外的女人。如果不是王雪梅，那会是谁呢？

关上车门，重新发动汽车，她迅速向汽车总站开去。现在已经是九点二十五分，她必须得尽快赶到公司去接王猛的电话，只要化验结果一出来，真相自然大白。由于车速太快，在街角的拐弯处，她差点轧到一只正蹿过马路的黑猫。

然而，一直等到晚上十点，她也没等来王猛的电话。

王猛去哪儿了？

他为什么不打电话来？

他把这事儿给忘了？

还是，被什么事情牵绊住了？

这些问题像鱼雷一般不停地轰炸她的大脑，折磨得她辗转反侧，直至深夜。

最后，当她彻底平静下来的时候，突然想起了一件事。

白天在王猛单位差点撞上的那个男人，似乎在哪里见过。突然，她脑子里闪过一个画面，十年前的那个傍晚，那个同样匆匆而过的身影。难道是他！她莫名兴奋起来，同时，一种不祥的预感像乌云般笼罩下来。

她翻身下床，像个疯子一样翻箱倒柜寻找王猛的联系方式。她马上要打电话给王猛，通知他此时此刻正面临的巨大危险。

齐天被她的动静弄醒了，迷糊着眼睛问她在找什么。

她并不回答，还是一个劲儿地翻找哪怕和王猛有关的任何信息。终于，她筋疲力尽地坐在地上，果然什么也没找到。

她在心里默默祈祷，希望自己的预感不要成真。

然而，上天偏偏要跟她开个残酷的玩笑。

第二天，她的预感在本地电视台的早间新闻里得到了验证。

王猛死了。

05 王猛之死

是的，王猛死了，他被发现时上半身浸泡在县城郊外的小河中，面部肿大得像个绿皮西瓜，身体叮满了令人恶心的苍蝇和蛆虫。

经过法医现场初步鉴定，死者身中数刀，脖子上有明显的勒痕，可以肯定是死于他杀。至于究竟是被捅死的还是被勒死的，得等最终尸检结果出来才能确定。

发现尸体的是一名经常在附近捡垃圾的老头子。老头姓黄，据他说，当时他正打算去捞一只从河上游漂下来的矿泉水瓶，却被掩面趴在河床边的尸体绊了个趔趄，导致他眼睁睁地看着价值两毛钱的水瓶随波远去。他一生气，就报了警，并在跟警察交代经过的时候仍对此喋喋不休，希望能拿点线索费以作补偿。

经过简单盘问警方得知，黄老头孤身一人住在树林中自己用木头搭建的棚屋内，无儿女，无老伴，无救济，靠捡卖饮料瓶和废报纸维生，与死者并无认识可能，缺乏杀人动机。不过，警方还是将黄老头带回了所里，并于第二天开车将其送到了两百公里外的邻县，随即拆除了他那间简陋无比、有碍观瞻的棚屋。

这起凶杀案很快就在县城里传开了。大家关注和争论的焦点基本集中在两件事上：第一自然是杀人案，第二则是黄老头被遣送回去的事情。不过，让人觉得奇怪的是，大家更愿意讨论弱势人群被遣送，对凶案本身反而没那么热衷。

“无聊！”在一次语文课上，齐天听见后排的两个女生叽叽喳喳地在讨论这件事情，一生气，将手中的粉笔掷了出去，却打在了旁边一位不相干的女生脸上，引得哄堂大笑。那位被粉笔击中的女生是班上的尖子生，也是班里的学习委员，这样的侮辱让她当场伏案痛哭，并在课后向班主任齐天提交了辞呈。

困扰齐天的事情还不止这个。妻子周冰要与他离婚的事不知怎么传到了学校里，不但同事看他的眼神有些异样，校长也找他去谈过几次话，让他尽快处理好家务事，注意影响。

走出校长室，齐天遇见了前来找他了解情况的简耀警官。简耀是负责这起刑事案件的专案小组成员之一，从警校毕业才两年，办起事来风风火火，无畏无惧。

“你认识王猛吗？”

在一间空置的教室里——齐天的办公桌在文教科集体办公室，人多嘴杂，不太方便——简耀将智能手机、精钢腕表、录音笔放在了桌上，盯着齐天的眼睛发问。

“认识。”说实话，这样的问话让他很不舒服，有一种被当作嫌疑犯的感觉，因此只想快点结束，“他曾经是我的学生。”

“什么时候的事？”

"这些你们不是都有资料吗？"

"对不起，我们需要做进一步的核实。"

"十年前。"

"嗯。那，你们最近一次见面是在什么时候？"

"最近……大概是在半年前吧，过春节的那段时间，他来我家拜年。"这时，有人从窗外经过，他停顿了一下。等人走后，他又接着说："自从这孩子初中毕业以后，他几乎每年都会来我家拜年。"

"还挺懂事的。"

"是啊，嘿。"他苦笑了一声，"要知道，他是我教过的学生中最调皮捣蛋的一个，却也是最尊重我的，只是没想到竟然……"

"听说您妻子跟他关系不错？"

"谁？哦，你说周冰啊，是，他们是同学，而且一直有来往。"

"嗯，我会单独去找她也了解一下情况。据王猛单位的人说，他死的当天，您的妻子去研究所找过他。"

"是吗？我不清楚情况。"

"那我们今天就到这儿吧。"简耀关上录音笔，收进包里，同时从里面摸出一张卡片，递给齐天，"这上面有我的电话，麻烦您回去见到她之后，把情况说一下，然后让她给我回个电话，我和她约时间见面。"

"好的。"

简耀把精钢手表戴在手上，然后用手机给齐天拍了张照，说了声"感谢您的配合"，这才离去。这时，上课铃声响了，他急忙赶到教研室拿上教案，快步冲进教室。

下班回到家，齐天把这事跟周冰说了。周冰没有太大反应。

吃晚饭的时候，不知怎么的，周冰又想起了王猛，放下碗筷，哭了起来。齐天见状，只好停下来安慰她。

周冰和王猛的关系，齐天是清楚的。以前在读书的时候，她就常因为受王猛欺负而到他这里来告状，但看得出是那种男生女生之间的小打闹。初中毕业后，周冰消失了很长一段时间，直到前些年才回来，并通过王猛找到了自己。也就是说，自己之所以与她在一起，王猛在其中起到了十分关键的作用。

王猛小的时候虽然调皮，但学习成绩一直很好，后来他荣升了本地重点高中，并最终考入了省里的一所名牌大学。大学毕业后，以他的学历完全可以留在省会找个好工作，但他出人意料地回到了本地，进了那家生物研究所从事科研工作。虽然齐天教的是语文，而王猛最终的成就在生物上，但后者仍将齐天视为恩师，无论是在读书时还是就业后，几乎每年都会来拜访他。就齐天掌握的情况，王猛至今仍未结婚，家中双亲尚在，这一次的意外身亡，真可谓是白发人送黑发人。

不对，他并非死于意外，而是被人谋杀的，死状凄惨，死因不详。一想到这儿，齐天长长叹了口气。

“我想明天去看看叔叔阿姨。”周冰说。

“我请假陪你一起去吧。”

“不用了，我自己去就行了。”

“好吧，那你当心点儿。”

“当心？我当个什么屁心？！还怕人把我也杀了？”

“我不是这个意思……你瞎激动什么?”

“我激动?你别装了，我看你巴不得我死吧!”

“胡说八道什么啊，你这是怎么了?莫名其妙发这么大火。”

“没怎么。”她马上又冷静下来。

那个晚上，周冰再次被饥饿折磨得失眠，但她一狠心，咬咬牙挺了过去。

王猛家位于县城的南面，属于老城区，一大片二十世纪七八十年代的瓦房至今仍奄奄一息地存活在那片土地上。这些年，由于城市建设的加速，县城大面积地拆房、建房，可以说基本上将这个规模不大的县城改造成了一个新城，一些外出多年的游子企图回到这方旧土寻根，却发现自己脑海里久久不敢忘却的那点乡愁和记忆已经根本不管用了。

还好有南城。

在南城，你依然可以看到连绵成片的大法国梧桐，依然能够遇见团坐在街边纳凉聊天的老头老太，依然可以伫立街头品尝当地独有的风味小吃，也能见识到最市井、最庸俗的百姓生活。按老一辈人的说法，没到南城，就相当于没来过本县。

当然，县政府方面的意思一直非常明确，南城必须得拆。那位从北方某县调任过来的书记在政府会议上不止一次强调，他在任期内，一定要让南城旧貌换新颜。

但拆迁哪儿有这么简单，在坚守家园的问题上，南城居民比以往任何时候都要团结。钱砸不进，断水断电等特殊手段也无法让众人屈服，于是拆迁办也就暂时歇下来了。只是，那一座座岌岌可危的瓦房，在岁月风霜的侵蚀下，早已渐显枯容。

和本县其他有为的年轻人一样，王猛一年前通过贷款，也在西城买了套百余平方米的期房，以备结婚之需。房子据说年底之前便可交付，而在此之前，他多数时候是住在单位宿舍，父母则一直没离开过那座老宅子。

几年前周冰刚回来时，曾为了寻找王猛到过那座老宅，当时与王猛父母还有过短暂交谈，之后就再也没来过这里。还好该处地形几十年如一日，而且这次家中又出了如此大的事故，随便一问，几乎没有人不知道他们王家的，因此找起来并不费劲。

王猛家的大门此刻是开着的。一进门，她就看见了客厅中央摆放着王猛的遗像，画中人正微笑着打量来访者。他的父母坐在一侧的草席上，浑身缟素，白发苍苍，面容憔悴。

原来，今天恰好是王猛的头七，按照习俗，亲朋好友都要过来祭拜，据说这天死者将会回来，这是他与在世的人最后一次隔界的会面。

她与王猛的父母打了照面，作了简短劝慰。可能太过悲伤，王父沉默得有些吓人，王母倒上前握着她的手，絮絮叨叨地说了一些感谢之类的话。她本来还想询问一些与王猛之死有关的问题，可接下来的一波亲友很快就取代了她站立的位置。

走出王家，她感觉心里堵得难受。就在她低头朝前踱步之时，只觉一只手掌有力地搭在了她的右肩上，惊得她迅速扭过头来。

对方是一个身材高大、穿着正派的年轻小伙子。

“不好意思，吓着你了。请问，你是周冰吗？”

“你是谁？我不认识你。”

“别误会，”他从公文包里拿出证件，亮了一下，“我叫简耀，是个警察。你丈夫应该跟你说过。”

“是的。”周冰生硬地回答。

“我现在负责王猛这个案子，有一些问题想……”

“对不起，我没有什么好跟你说的。”

“希望你配合我们警察办案。王猛出了这种事，我想你作为他的朋友，也想尽早抓住凶手。”

“我现在很不舒服，下次吧。”

她朝后退了几步，然后转身大步朝前走去，一直拐过几个巷子口，她仍然不敢回头，心脏超负荷地跳动着。

后来，等她看清楚路况，才发现自己迷路了。

这是一个完全陌生的地界，除了来时路，放眼望去，有五条路可供选择，而自己正处于五个方向的中心。四周均为清一色的红砖黑瓦平房，每个出口看上去都极为相似，太阳正顶而照，她无法清晰地判断出南北东西。

更让人哭笑不得的是，此时此刻，附近除了一个三岁左右的孩子背对着她在树下蹲着忙活，竟然再没有其他人的踪影。她只犹豫了不到半秒钟，便走向了那个小孩。

“小朋友，请问一下……”

小孩并没有回头，继续捣鼓着自己的事情。

“小朋友……”她朝前站了站，踮脚抬下巴，越过孩子的头，想看看他在做什么。没看清，她又往前走了两步，再看，这一看吓得她心脏都要从嘴里跳出来。

这个小孩正在摆弄一条土狗的死尸。

死狗躺在地上，眼球暴突，牙齿外露，腹部已经被剖开，内脏流满地，苍蝇和蛆虫遍布其身，而小孩正用一根木棍撩掀着它的肚皮。她用手捂住嘴巴，害怕地朝后退去。与此同时，小孩缓缓转过身来。

她使出全身力气，扭头就跑，哪儿还管得了方向。

她吃力地朝前跑着，由于今天难得穿了皮鞋，每一次抬脚她都感觉脚底像粘了一块口香糖般难受。最后，她在跨过一个小土坑时崴到了脚，跌坐在地上。

她捂着受伤的脚踝，一股强烈的委屈之情盖过了恐惧，于是坐在冰冷的地上大哭起来。她哭得那么伤心、专注，企图将自己在这段日子里承受的所有压力都化作眼泪痛快地发泄出来，以致有人站在身后也浑然不知。

“请问，有什么能帮你的吗？”

她停止哭泣，用衣袖擦了擦眼泪，转过头来。

竟然是他！虽然过去了十年，但她还是一眼认出了他。

宋毅。

06 恐吓信

“你怎么了？”宋毅问道。

“哦，没事，摔了一跤。”周冰的泪水已经彻底止住了。

“咦，你是不是……”

“我不认识你。”周冰快速果断的回答让对方愣了一下。

“可能我认错人了。”

周冰挣扎着站起来，感觉脚踝疼痛难当。

“怎么？脚崴了？”

“可能是吧。”

宋毅蹲下去，用手捏了捏她的脚踝。

“都肿起来了，得找个医院看看。”

“不用了。”

“可是你这样……”

“真不用。你能带我去外面的马路上吗？我找了半天出口，都没找到。”她瞅见了宋毅身后停着的那辆黑色路虎越野车。

“可以。来，我扶你上车。”

在宋毅的搀扶下，周冰坐上了汽车的副驾驶。座位上有一股好闻的香水味，周冰心想，看来这位子长期有女人坐在上面。宋毅将她这侧的门关上，再绕到另外一侧。

“这一片啊，别说你了，就连我这种家在附近的人也常搞不清方向。”

家在附近。没错，她想，没认错人。

“你看看这路窄的，这房子都一个模样，不是‘老南城’谁认识？我在上海待了六七年，今年刚一回来也犯迷糊，好几次连家门都找不到。”

“哦。”她若有所思地听着，并不说话。

“忘了自我介绍了，我叫宋毅。你呢？”

“我……我叫周冰。”

“周冰……你知道吗？你长得很像我认识的一个女孩，只不过……”

“终于出来了。”周冰假装不经意地打断他的话。

这时车子已经驶出了平房区，来到马路上。

“你住哪儿？我送你回家吧，看你这脚走路不方便。”

“会不会太麻烦？”

“不麻烦。你负责带路就行。”

“谢谢了。”

她用余光偷偷瞄了瞄他的脸。是他，这么多年过去了，他并没有太多变化。想到这里，她的心里一阵慌乱。

汽车进小区的时候，他忙着从保安那里拿计时卡。周冰看见一个熟悉的身影从里面走了出来。那个人戴着棒球帽和墨镜，竖着衣领，似乎在刻意掩饰自己的面容。在他微微抬头的一刹那，她认出了那张脸。

这时，车已经重新启动，进入了小区。她回过头来，看着那个身影，直至他消失在路口。宋毅看了她一眼，问："看见谁了？"

"没有。"她将视线收回，然后给他指路。

来到她家楼下，宋毅熄火，并转到副驾驶前扶她下车。

"真不好意思。"她说。

"几楼？我扶你上去。"

"不用了，我感觉好一点了，自己能走。"

"那……好吧。这是我的名片，上面有我的手机号码，有事联系。"

周冰接过名片，说："哦，我不用手机。"

宋毅笑笑，说："现在不用手机的人太少见了。那，再见。"

"再见。"

周冰朝宋毅挥了挥手，用力挤出一点笑容，心里却一阵苦涩。她转身走到楼梯口，又回头看了眼，发现宋毅并没走，而是站在原地看着自己。她尴尬地笑了笑，连忙进了楼道。

每踏上一级台阶，她脚上的疼痛都在加剧。爬到三楼的时候，她已经汗如雨下，干脆坐地不起。

休息了一会儿，她又鼓起勇气站起来，继续往上爬。她一边爬，一边埋怨着齐天。当初，齐天在买下这套二手房的时候，根本就没有和她商量，直到拿到房产证才带她过来，要不然，她无论如何也不会买楼房的最顶层。

终于，她踏上了最后一级台阶，来到门口。她喘了会儿气，本想按响门铃，却还是从包里掏出钥匙，低头插入锁孔。这时，一样东西映入了她的眼帘。

一个牛皮纸信封被塞在门缝下面，露出来一个角。

她弯下腰，将信封从门缝里抽出来，只见上面贴了张白色纸片，纸上打印着“周冰”两个字。

她刚打算撕开信封，门“哗”地被拉开了。她飞快地将信封塞进上衣口袋。

“你回来啦。”齐天低头看见她一瘸一拐。

“你的脚怎么啦？”

“扭了。”

“怎么回事？”齐天蹲下看了一眼，“都肿了。来，我扶你。”

“不用了，我没事。”

“这还叫没事？你等等，我马上就来。”

她一瘸一拐地在沙发上坐下。齐天拿来红花油，扭开盖，想给她涂抹。

“不用了，我自己来。”

“怎么这么不小心。”

“不关你事。”

“冰冰，不要这样……”

“这话应该我说才对。”

傍晚，她感觉脚已经没那么疼了，于是去了一趟超市。这个位于县城中心商场地下二层的大型超市是本地始终能保持人气的地方，可人多的地方总让她有所不安。小推车在行进的过程中常常因为过道狭小而产生摩擦，蔬果因为需要过秤打印价签而排起了长龙，最可怕的是这里只有一个出口，要是此时发生一场地震，因踩踏而亡的人肯定比被房梁压死的人多。

路过酒水区的时候，她想起上次的那瓶红酒喝完了，便想再买一瓶。一些价位高的酒被锁在了玻璃柜中，需要售货员打开才能拿到。就在她看着一瓶包装精美的法国红酒时，突然，一张男人的脸出现在玻璃柜的镜面上，死死地盯住了她。她吓得一愣，猛一回头，那个高大的身影便一闪不见了。

“小姐，您想要哪瓶酒？我帮您拿。”

她转过身，一位长相姣美的售货员正面带微笑看着她。她指了指刚看上的那瓶，心脏却跳动得厉害。

售货员用手中的钥匙打开酒柜，从里面拿出了那瓶标价八百多块的酒，递给了她。她拿着那瓶酒，翻过来，正想看一下酒瓶侧面的说明时，后背被一股力量猛烈地撞击了一下，顿时手一滑，酒瓶掉在地上，“砰”的一声摔碎了。

溅起的玻璃瓶渣跳到了她的手心，一股钻心的痛随即传来，殷红的鲜血从划破的口子里流出。

随着一声尖叫从售货员的嘴里迸发而出，周围瞬间陷入死寂。

她用左手握住正在流血的右手手腕，抬头向前方看去。就是那个男人，正拨开人群往前奔去，很快消失在转角。

很快，超市的保安和主管来了，他们给她做了包扎和简单的现场处理，然后将她带到了经理办公室。

回到家，齐天已经摆好了满满一桌饭菜，正往高脚杯里倾倒红酒。一瓶新的红酒。

“过来，冰冰，快坐下。”齐天殷勤地为她拉开椅子。

她有些犹豫地坐下，看了看桌上的菜，有她最爱吃的白切鸡。齐天做菜的手艺一直不错，只是这些日子越来越少下厨。

“你的手怎么啦？天哪，一会儿脚受伤，一会儿手受伤，你这是怎么了？”

“说吧，你有什么事？”周冰显得很不耐烦。

“唉。”齐天无奈地叹了一口气，“来，我们先喝一口，喝完我再说。”

齐天端起酒杯，见周冰没有动静，只好自己尴尬地抿了一口。

“我就直说吧，是这样的，经过这段时间的慎重考虑，我决定与你……分居。”

周冰听完，面无表情地看着他。

“我不知道自己究竟做错了什么，会让你这样对我，”齐天继续说道，“我想了很久也想不出原因，最终只能认为，我们的感情出问题了。

“如果我犯了什么错误，我希望你指出来，大家生活在一起，坦诚最重要，不是吗？你这样不声不响，让我不知道该怎么做。

“本来我是觉得能够补救的，我们在一起的时间也不算短了，三年了，有什么不能坐下来好好商量解决的？既然选择在一起，就得学会宽容。

“其实我也没有别的意思，暂时也不会同意离婚，只是想大家分开住一段时间，彼此好好想想，想通了，大家再一起过下去，想不通，就离。时间我看就定为三个月，三个月后，不管如何我们都将作一个最后的决定。”

这时，周冰缓缓拿起酒杯，一饮而尽。

“吃完这顿饭，我就会离开。我在学校旁边租了套房子，暂时就住那儿。我说完了，你有什么要说的吗？”

“没有。”周冰轻轻地摇了摇头。

饭后，她将齐天送出了门。在门口，齐天伸出胳膊试图抱她一下。她躲开了。

坐在空荡荡的客厅里，她顿时觉得如释重负，同时又有点害怕。她将房间里的灯全部打开，然后把电视机的声音开大，并在收拾碗筷的时候刻意发出些声响。

洗完澡，她早早地就上了床，靠在床上看《呼兰河传》。在她看来，躺着看书是最好的催眠方式，无论这本书有多精彩。

电话突然响了。她下意识地放下书，拿起电话。

“喂？”

只听得见对方沉重的呼吸声。

“喂？找谁？”

“收到信了吗？”

一个陌生的浑厚男声。她脑海里立即浮现出那个男人的脸，以及门口捡到的那封信。

“你是谁？你怎么知道我家电话的？”

“这个你没必要知道。”

“你想干什么？”

“纸上已经写得很明白了。”

“我不懂你在说什么。”

“三天时间。我给你三天时间考虑。”

“等等，你什么意思？喂！喂……”

对方已经挂断了电话。四周安静极了。这时，门外突然响起了一声响亮的咳嗽声，她下意识地用被单蒙住头。她感觉那人就站在门外。过了一会儿见没什么动静，她从被子里探出头来，屏住呼吸，仔细聆听，隐约听到门外有窸窸窣窣的脚步声。她鼓起勇气，光着脚下了床，慢慢地挪到门口，将左眼贴上猫眼往外看，发现门外过道里声控灯亮着，却空无一人。

这一晚，她在床上翻来覆去，无法入睡。她知道那个男人是谁，也知道王猛的死与他有关，但他为什么会盯上自己？那个信封她已经拆开过了，里面是一张折叠的A4纸，上面用黑体加粗打印着三个字：

交，或死。

第二天晚上，她开车的时候依然被恐惧笼罩。

出门前，她按照宋毅给的号码打了一次电话。或许能早点结束这一切，她想，宋毅的出现也许正是一个契机。这是命运的安排！命运，想到这个词，她热泪盈眶，激动迅速打败了恐惧。

然而无人接听。

她心不在焉地驾驶着大巴在黄山路与长城路交叉的十字路口等红灯。一位白发苍苍的老太太正扶着一位看起来比她更老的老头波澜不惊地从车前走过，人行横道上方的绿灯已经开始闪烁，很快就要变换颜色，而老头似乎有些走不动了，停在大巴前手撑着腰，喘着粗气。

她并没有在意这番情景，已经松开了刹车，踩离合，换挡，随即右脚放在了油门踏板上，等着一变灯就加速冲出去。

五、四、三、二、一。

就在红灯变绿灯的那一瞬间，她突然看见右侧的行车道上停着一辆路虎，而驾驶座上坐着的正是宋毅。她刚想喊，路虎就冲了出去。一着急，她的脚踩下了油门。

“啊——”

随着一声惨叫，她凭着司机的本能猛地刹住车，车也熄火了。她急忙下车。还好，那一对老头老太只是受了些惊吓，特别是那个老太，因为靠近汽车，吓得早已一屁股坐在地上。

周冰心有余悸地重新发动汽车，小心翼翼地把车开回总站。

整个过程中，她的脑海都被一个画面占据：在那辆路虎车上，在宋毅的旁边，坐着一位年轻、漂亮的姑娘。

她感觉有人在往她心脏上钉钉子。

她换上衣服，拿上钥匙，走出门外。她暂时不想回家，只想找个没人的地方好好待着，说不定能忘掉一些烦恼。

她打开电动车的车锁，骑上去，发动，电动车“嗖”的一下蹿了出去。

冲出公交总站，拐过路口，便来到了宽阔无比的世纪大道。

已经是深夜了。街上一如既往人车稀少，她不由又扭紧了把手，时速表朝着电动车80公里/小时的极限奔去。

夏日的午夜有些凉爽，晚风大力冲击着她的脸庞和手臂。

前方有一个十字路口，正处于红灯状态。汗水从她的额头滴下，落到她蜷缩在座位前方的大腿上，身旁汽车的喇叭声让她稍微冷静了下来。

她试着放松电力加速档来减速，没用。双手同时握了握前后手刹，也没用。再用脚板用力踩脚刹，依旧没用。

车被人做了手脚！

电动车依然高速朝前驶去。红灯没有变换的迹象，东西方向的车辆飞驰而过。

她开始害怕了，感觉自己的身体在飘，于是，在距离十字路口五十米处她大叫起来。

五十米，四十米，三十米，二十米……她叫喊的声音就像一只临死的秃鹫发出的哀号，整条街上的人听见后无不内心发毛。

十米，五米……

就在她接近斑马线的那一瞬间，绿灯亮了，她第一个冲过了界线。

她收住了叫喊声，但风声依然在耳边呼啸。

有那么半秒钟，她想到了死。

在县城的另一边，宋毅疲惫不堪地躺在床上，赤身裸体，下身只盖着一块毛毯。卫生间里传来“哗哗”的流水声。每当这个时候，他都对自己感到万分厌恶。接着，他又想到了那个胖胖的女孩。她说自己叫周冰，显然是在撒谎。虽然过去这么多年，她的外形变化也很大，但宋毅敢肯定，他绝不会认错人。

没错，她就是胡婷婷。

07 同学会

鲜血从她破裂的膝盖顺着小腿流下来，眼镜掉在了一旁，躺倒在地的电动车后轮仍飞快地凌空旋转。

她对自己突如其来的勇气还是相当满意的。在决定跳车之后，她仍然紧张得要命，害怕自己就此丧命，可当她侧身跃下那一刻，她瞬间恢复了生存的信念。

这时，明月当空，树杈间透下的零星月光让她感到一阵恍惚，仿佛在梦中。

然而，疼痛很快就提醒她回到现实。她拿过地上的眼镜，在衣服上擦了擦，重新戴上。

她招了一辆出租车去医院。值班外科医生给她包扎好伤口以后就不再管她。她在医院休息室待了一夜。

第二天一早，她还是鼓起勇气，给宋毅打了个电话。

电话那头宋毅的声音显得很惊讶，但语调随即变得欢快起来。

“我马上就到。”

挂了电话，她心里有一丝甜甜的满足感。她来到卫生间，对着镜子整理了一下仪容，咧嘴微微一笑，觉得自己其实长得并不难看，甚至还有点“可爱”呢。

她走出卫生间，路过走廊，向休息室走去。突然，她看到齐天从外面进来，吓得她赶紧退到墙后，然后悄悄地看过去。

只见齐天手捧着一束鲜花，站在楼梯口来回踱步，不时还看一下手表，像是在等什么人。今天的他穿戴非常整齐，白衬衣，西裤，黑皮鞋，她许久没见他这样打扮了。他焦急地踱着步，表情相当严肃，手中的白玫瑰被他竖得笔直。

过了一会儿，她看见一个女人从楼梯上下来，走到齐天的面前。她几乎没费劲，就认出了那个女人：杜鹃。

齐天嘴里说着什么，将手中的花递给杜鹃，后者立即露出了灿烂的笑容。这时，齐天的表情也松弛了不少。两人在楼梯口聊了几句就一起离开了。他们刚走，宋毅急匆匆过来了。

“周冰！”

“你来啦。实在不好意思，麻烦你了。”

“哪儿的话。说实在的，你给我打电话我挺高兴的。”

“真的？”

“煮的。哈。”他露出了愉快的笑容，“怎么样，没事吧？”

“摔了一跤，没事了。”

“那就好。你饿吗？我给你去买点吃的。”

“不了，送我回家吧。”

路上，宋毅询问了她有关车祸的事情，她一五一十地作了回答。

“照你说的意思，是有人在你的电动车上做了手脚？”

“应该是。”

“为什么这么做？”

“不知道。”她暂时还不想把信件以及电话要挟的事告诉宋毅。

“这就奇怪了……”他若有所思，接着似乎又想到了什么，“你丈夫知道这事吗？”

这个问题让她猝不及防。到目前为止，她还没提过齐天。面对宋毅探究的目光，她犹豫了一下，最终决定还是袒露实情。

“他不知道……我们分居了。”

“噢，是这样啊，不好意思。”

“没什么不好意思的，我和他已经办离婚了。”

话题就此打住。也许是太困了，后来她昏昏沉沉地眯上了眼睛。而宋毅仅凭上次的记忆就找到了她所住的小区。

到了楼下，随着发动机的轰鸣声消失，她适时地醒了过来。

“到了啊？”

“嗯。”

“不好意思，我睡着了，最近也不知怎么的，老是困。”

“没事，要不你再睡会儿？”

“不了，都到楼下了，还是回家睡吧。”

“那好，来，我送你上去。”

“不了吧。”

“必须的。就你这样，我估计你也爬不了楼。”

宋毅不由分说将她搀扶下车，然后带着她一步步往楼梯上走。

事后，她回忆起这短短六层楼的时间，始终认为这是她近十年来最感动的时刻。这个男人曾经离她那么遥远，如今又距她如此之近，肌肤之亲，气息相汇，幸福的感觉如醍醐灌顶般袭来。

她渴望时间走得更慢一些，渴望楼层再高一些，甚至渴望身体的伤痛更剧烈一些，这样或许就能让这段距离更永恒一些。

她一边在心里埋怨对方为什么没有认出她的真实身份，一边又懊悔自己当初为什么要向他撒那个有关姓名的毫无意义的谎言。

她有好几次想把心里话说出来，可一看到自己粗壮的手臂和大腿，自卑感就上来了，后来干脆一言不发。

就这样纠结着，终于来到家门口。看着她开门进去，宋毅只微笑着说了句“再见”，便转身下楼了。

于是，她关上门，背靠门坐在地上，号啕大哭起来。

哭了很长时间，直到哭累了，委屈都哭没了，她才站起来，慢慢地朝卫生间走去，打算冲洗一下自己狼狈不堪的脸庞。

该死的电话响了。

她知道是那个男人打来的。

“刚才那个男人是谁？”

“你怎么知道……”

“你的一举一动我都知道。”

她抬起头，发现客厅正对着自己的窗帘没拉，赶紧过去拉上。

“你到底想怎么样？”

“我只是想提醒你，你只剩下两天时间了。”

“你再骚扰我，我就报警了！”她突然间愤怒起来。

“想死就报吧！记住！两天！”

“喂！喂！”

电话那头传来了忙音。

对方挂断了。

望着空荡荡的房间，她觉得自己就像是一只被人关在铁笼里任意抽取胆汁的黑熊，虚弱、无助极了。

过了一会儿，电话铃声又响了。犹豫半天，最终她还是拿起了电话。

“你到底有完没完？”

“周冰吗？”

是个女的。她不由松了一口气。

“是，你哪位？”

“真的是你吗？周冰，啊呀，可找到你了。你家电话怎么一直没人接？”

“你是……”

“我大头啊。”

“大头？”她拼命在脑海里搜寻跟大头有关的记忆。

“瞧你，连我都忘记了，涂胜男，大头男啊。想起来了吗？”

“噢，我想起来了，就是那个个子小小的，头大大的，大头男？”

“总算记起来了，亏得我们还做了三年同学。”

“实在抱歉啊，刚起床，脑子有点转不过来。”

“现在转过来了吧？怎么样，最近还好吗？咱们差不多十年没有见面了吧。”

“还好。对了，你怎么知道我家电话的？”

对方突然变了语气：“是王猛给的。”

“王猛？！”她惊了一下，口齿模糊起来，“可，可是，他不是……”

“他死了。”

“我知道，可他，你，这个……”

“是这样，一个月前，我接到王猛电话，他说想搞个同学聚会，联系到我，让我负责张罗。可没想到，唉，竟然出了这种事情。”

“嗯。”想起王猛，她又一阵难过。

“事情过去就过去了吧，希望警方早日抓到凶手。”

“你打电话来不是为了这事儿吧？”

“是这样，王猛虽然人不在了，但同学会我还是想把它办起来，其他人我都约得差不多了，就看你这边有没有时间。”

她想起王猛生前曾说过，要在同学会上给自己一个惊喜。

“定在什么时候？”

“今天晚上。”

“今晚……”

“别犹豫了，都是一帮老同学，就这么定了啊，今晚六点，黑泽吧，我订了个包厢，大家一起边吃边聊。一定要来哦。”

她还没来得及回答，对方就已经挂断了电话。她无奈地站起来，试着把脚往地板上踩了踩，感觉好了不少。接着，她又试着将小腿上贴的纱布掀开一个口子，胶布撕扯汗毛的痛楚令她龇牙咧嘴，发现伤口依然惨不忍睹，她便将纱布又贴了回去。

她在衣橱里找到了一条牛仔裤，费了老半天劲才套上，又翻出一件大红色的POLO衫，换上休闲鞋，对着镜子一照，仿佛回到了学生时代。

“周冰，你今天就好好在同学面前表现吧。”她对镜子里的人说。

不过，当她信心满满地走到门口时，突然又犹豫了。

周冰刚进包间，大伙儿就一窝蜂将她围住了。

“周冰呀，这么多年了，还是你最好认。”

周冰尴尬地笑了笑。

“我胖嘛。你是？”

“怎么，不记得我了？我张远啊。”

“张远……噢，想起来了。”

“我变化有这么大么……”

“我呢？记得我吗？”又一张脸凑了上来。

“贺小兰？”

“什么呀！我是侯美美啊。”

“噢噢，抱歉，抱歉。”

接着又有几个人上来认脸，她基本上都没认出来。

这时，服务员提着一篮子啤酒进来了。

“打开！全打开！”一个衣着比较大胆的女人叫嚣着，“各位，不醉不归啊！”

全场跟着附和。

酒一瓶瓶打开，有的人已经拿起来开始灌自己了。接着，划拳声此起彼伏地响起，音乐也被调到最大声，之前那个穿着、言语皆豪迈的女人也站到房间中间，跟随着音乐用力甩动长发，欢呼声与尖叫声随之爆炸，不知何时，一瓶啤酒递到了周冰的手中。

这一切完全出乎她的想象。她以为所谓老同学聚会就是一群半生不熟的人坐在一个不尴不尬的地方聊一些不咸不淡的话题，什么孩子啦，丈夫啦，升官啦，发财啦，诸如此类，以炫耀自我为基础，告诉别人自己和以前不同了，混出个人模狗样来了，大家快来恭喜我吧。再不然就是忆旧，从逸事到糗事，从打架到恋爱，总而言之尽是些“与青春有关的日子”，而不是像这样一见面没聊上几句就开始群魔乱舞，推杯换盏，就连前不久有个同学被人捅死在河边这事儿，居然也没听见一个人谈起。想到刚死的王猛，她不禁有些难过。他说，要给她一个惊喜。

“大头，你怎么还没到啊，就缺你了。”一个女孩在打电话，“亏你还是组织者呢，也迟到……行吧，你快点儿。”

那女孩挂了电话，跟周冰碰了碰酒瓶。

“周冰，你老公怎么没来？”

“我还没结婚。”

“别开玩笑了，谁不知道齐天老师是你老公？”

“齐老师？”

周冰呆呆地坐了一会儿，突然意识到什么，急忙借口去厕所，提前退场了。

她开始觉得有什么地方不对劲了。

整个夜晚，躺在床上的她翻来覆去睡不着，脑子里一片混乱，身体上疲惫不堪，肌肉酸胀得不行，骨头里似有万千虫豸在叮咬。

清晨，她闻到一股浓烈的令人作呕的食物油腻味。接着，马上就确认味道是从厨房的油烟机里发出来的。由于整栋楼都共用一个排风管道，别家做菜时的油烟味常会跑进她家厨房，平时不觉得难闻，今天却被熏得有点难以忍受了。

她赶紧下床，跑到厨房打开油烟机的强排，将该死的味道全都抽出去。即便如此，恶心感还是徐徐袭来，她捂住嘴，迅速跑到卫生间，畅快淋漓地呕吐起来。

“我一定是中毒了。”这是她脑子里的第一反应。

她将家里的窗户都打开。卫生间的，卧室的，厨房的，客厅的，统统打开，让空气流通起来。在拉开客厅窗帘的时候她稍稍犹豫了一下，但最终还是一拉到底。

接着，她检查了煤气的开关，还好，是关着的；又打开冰箱，发现食物和饮料均没有被人触碰过的迹象；至于门下的缝隙，也没有类似于古装戏里能吹出毒烟的木管。

在喝了一杯热茶之后，她还是决定去医院做个检查。尽管她很怕碰到杜鹃。

到了中心医院，挂了号，在一楼左侧找到科室，见前面还有几位病患，她便把病历本往医生那儿一递，回到走廊靠墙的长椅上坐下，排队等候。

很快，她就听到里面在喊自己的名字。

值班的内科医生是一个六十来岁的老头，见她进来，便指了指面前的板凳让她坐下。

“姓名？”

“周冰。”

“年龄？”

“二十六。”

“哪里不舒服啊？”

“全身都不舒服。”

“说细一点，具体什么地方不舒服？”

“头晕，肌肉发酸，恶心想吐……”

医生让她张开嘴，查看了一下舌苔。

“可能是感冒。我给你开点药，回去按时吃。”

“好……可是，不用化验一下吗？”

医生停下手中开药单的笔，抬头看着她。

“化验？化验什么？”

“我也不知道，尿啊血啊验一验……”

“你想验？”

“不不，您误解我的意思了，我是想请教一下，以您的经验，您觉得像我这种情况，有没有可能是食物中毒呢？”

老头盯着她足足看了有好几秒，接着哈哈大笑起来。

“有意思，有意思，你这样的病人真少见啊。哈哈。”

“不不不，我是想说……”

“这样，”老头打断她，“我现在就给你开单子，你去化验，然后拿上最终的化验结果再到我这里来。你来医院前吃过早饭吗？”

“没有。”

“那行吧。”老头递给她两张单子，“验血在二楼，验尿在一楼。记得，先交费。”

她先去了大厅一侧的收费窗口交了费，然后拿着单据上了二楼。找到血液化验室，敲开门，递上单子，女医生就将她带到了一台机器面前。

女医生用棉签蘸上碘酒给她的中指指尖涂了涂，然后把她的手指插入那个机器下方的圆孔里。

“别动啊，很快就好。”

她害怕地将头撇向一边，紧张地等待着。接着，她听到“啪”的一声，手指像被电流瞬间击打了一般疼痛，随后，便感觉到一团棉花摁在了手指上。

“好了？”

“好啦，半小时后来拿结果吧。”

她用棉团捂紧自己的手指，生怕血会源源不断地从那里流出来。过了一会儿，她觉得还是不妥当，便来到卫生间，将棉团拿掉，然后打开龙头，将刺破的手指放在凉水里冲洗。

接着是尿液化验。

从卫生间接完尿液出来，快到尿检窗口的时候，她突然听见有人叫她的名字，回头一看，果然是杜鹃。

“还真是你啊，周冰，我还以为认错人了呢。”杜鹃似乎很高兴。

“你好，杜医生。”

“怎么？病又犯了？”

“不是，觉得不舒服，就来看看。”

“哦，你一个人？你家老齐没陪你一块儿来？”

“没有。”她对杜鹃表现出来的亲切感到反胃，于是说话的声音比较冷淡，可惜对方并没察觉出来。

“那你也应该来看看我嘛。怎么样？到我办公室坐坐？”

“我，这个……”她将手中盛有尿液的器皿在杜鹃面前晃了晃，露出不太方便的样子。

“咳，你把这个放到化验室，就……”突然传来的手机铃声打断了谈话，杜鹃拿出手机，看了看上面的来电显示，又看了她一眼，说了句“不好意思，我先接个电话”，就走到一边，小声地接听电话，还不时地抬头冲她笑笑。

“没准儿是齐天。”她心想。

杜鹃讲完电话，又走到她身边，再次邀请她去办公室坐坐。她想不出什么好的理由拒绝，再加上化验结果也需要时间等待，便同意了。

跟随杜鹃上楼，进了办公室。招呼她坐下后，杜鹃从抽屉里找了罐茶叶，往一个瓷杯里抓了点，然后走到饮水机前注满水，端到她面前的桌子上放下。

“喝点茶吧，这是我一朋友从云南带来的，很不错。”

“哦，谢谢。”

她拿起茶杯，靠近嘴，轻轻吹了吹，但没喝就放下了。她又看见了墙角的那辆婴儿推车。

“上次出院走得有点急，没来得及跟你道别致谢，真是抱歉。”

“哪里的话，我同事跟我转告了你们的谢意。再说，为病人服务不是医生的职责么？我们医院又不是没收你钱。”杜鹃开朗地笑道。

“还是得感谢。改天有时间请你吃饭。”

“瞧你们两口子客气的，”她指了指窗台上的一瓶白色的花，“上次齐天送花，这次你又说要请吃饭，搞得我都不好意思了。”

她这才看见那束花——不是白玫瑰，而是康乃馨。听她这么说，恐怕是自己误会他们俩了。

“你看起来似乎有点不舒服？”

“没有，没有，”她这才反应过来，“就是有点累。”

“嗯，低血糖患者通常都有这样的症状，多注意休息就没事。来，喝点茶，凉了就没味道了。”

“哦，哦，好。”她又一次端起茶杯，刚放到嘴边，突然觉得有些事情应该挑明了讲，看看杜鹃的反应。她抬起头，盯着后者的眼睛。

“你知道我和齐天分居的事情吗？”

“啊？分居？什么时候的事？上次不还好好的吗？”

“你真的不知道？”

“不知道啊……”杜鹃发现她死死地盯着自己，“你问这话是什么意思？”

“没什么意思。”

“不对，你话里有话。”

“你想多了。”

一时间俩人沉默了。过了一会儿，她瞥了一眼推车，突然有了台词。

“你家宝宝有一岁了吧？”

她以为这一下会戳中杜鹃的要害，但显然，杜鹃不为所动。

“佳佳一岁零五个月了，平时他爸爸太忙，所以都是我带。”顿了一下，她接着说，“呃，我一会儿还得见几个病人，你看是不是……”

“好的。谢谢你的茶。”

她将一口未动的茶杯放回到桌上，缓缓站起身来，朝杜鹃微微点头致意，便大步走了出去。

和她之前想的不一样，这样的对话并没有让她感到心情舒畅，反而更加积郁了。

事情仍然没有答案。至少到目前为止，她并不能确定，杜鹃就是齐天的情人。

管它呢，就那样吧，反正不久后所有的一切都会有一个定论。

十年来，她就是靠着一个信念才坚持到了今天，在最后这段日子，她决不允许任何人毁了自己的人生。

她先到二楼拿了自己的血液化验单，又到一楼拿了尿检单，然后来到先前那位医生的诊室。

“化验完了？”

“完了。给。”

老医生让她坐下，仔细研究了一下她的两张化验单，然后摘下眼镜，冲她微微一笑。

“有一个好消息和一个坏消息，你要先听哪个？”

她虽然不喜欢这样的说话方式，但也只能老实做出选择。

“先说坏消息吧。”

“你的血糖偏低，容易出现头晕、乏力，甚至昏厥的情况。这个……”

“这个我已经知道了。”

“是么。那我说说好消息吧。你爱人今天来了吗？”

她瞬间有种不祥的预感，并且很快得到了验证。

“恭喜你，你怀孕了。”

08 身陷囹圄

对她而言，没有比怀孕更糟糕的事情了。

在走出内科诊室的途中，她就开始思考如何堕胎的问题。医生让她去重新挂妇科号，再做个更为详细的检查。她想好了，无论如何也不能要这个孩子。为齐天生育后代？这也太荒唐了。

妇科在五楼，为了避免再撞到杜鹃，她选择坐轿梯。医院的电梯似乎也像得了重病一般，上升下降得非常缓慢，五层楼停停走走，开开关关，上上下下，明明只走了一分来钟，却感觉像过了一个小时。

更让她无法忍受的是，偌大的一个电梯里挤满了人，有男有女，有病人有护士，却没人发出一点声音，所有人一律抬头看着电梯门上方的楼层数字变化，仿佛一群丧尸。

五楼一到，她便捂着嘴巴冲了出来，趴在走廊口的垃圾桶上一阵干呕。由于早上未进食，只吐出几摊又苦又涩且黏稠不堪的黄胆水。

拿到B超图之后，她仔细看了看。图片上是一幅子宫内部的图像，椭圆形的框架中有一小团黑色阴影。已经六周了。

她突然有些难过。这样一个生命如果真被自己的一个决定扼杀毁灭掉，会不会太过残忍？可问题是，自己有选择吗？唉，要怪只能怪这孩子来得不是时候。

她计划过两天休息好了再来做手术，以免身体支撑不住。

她吭哧吭哧地爬上六楼站在家门前的时候，顿时被眼前的景象惊呆了：门上贴着一张她的正面打印照片，脸上被人用鲜红的颜料涂了个大叉！

她感觉头皮发麻，奋力将纸片撕下，哆嗦地从包里摸出了钥匙，打开门，迅速闪进去。

她先将门反锁，然后将沙发挪过来抵住门板。歇了口气后，她走到厨房，打开放刀具的抽屉，拿出一把一尺长的水果刀，又找出平时包饺子用的擀面杖。就这样，她一手持刀，一手握棍，背对着门一屁股坐在了沙发上。

身体刚沾沙发，电话就响了，惊得她像坐到了仙人球似的弹起来。

电话响了十余下，对方仍没有放弃的打算，每一声铃响都好像锤子敲打钢锭一般刺激着她的神经。为了不再受这样的煎熬，她朝电话机的位置缓慢走去。

她将擀面杖放下，水果刀仍然拿在手中，手放在听筒上，突然记起了一件事。

不！绝对不可能！

电话线昨天晚上睡觉前被自己拔掉了，一直到早上出门也没重新装上，怎么可能打得进电话？

她低头看了一眼电话线的接口——没错，是接好的！也就是说，在她早上出门的这段时间里，有人进来过！电话铃声还在响着。她感觉手心里全是汗。

她拿起水果刀，对准电话线割了下去。她左手按住线，右手来来回回用力拉动着刀柄，双目暴突，牙齿绷得老紧，看上去就像在宰杀一头力气巨大的生猪。她只想让它停止凄厉的叫唤，虽然并不确定自己这种割喉的方式能否起到作用。

家里门一直反锁着，那人是怎么进来的？他会不会就躲在这个屋子里？要不然怎么解释？难道有鬼吗？她脑子里胡乱思考着，不禁又打了个冷战。

还好，电话线割断了，铃声也停止了，她满头大汗地坐在地上喘着粗气，内心仍旧恐慌不已。

她又想起自己已将门反锁，门口还堵了个沙发，如果杀手现在就出现在她面前，自己岂不成了瓮中之鳖，任人宰割？

她重新拿起刀和棍，壮起胆子开始在屋子里搜索起来。从卧室到厨房，从储物间到衣橱，能藏人的地方都被她翻遍了，也没有发现可疑的踪迹。她刚松了一口气，突然门外响起了上楼的脚步声，她的心脏又“咚咚咚”快速跳起来。

她屏住呼吸，蹑手蹑脚地来到门口，单腿跪在沙发上，耳朵贴在门上，仔细倾听。她感觉那人停在了门口，然后将听起来像是纸张的东西插在了铁门上。她猛地站起来，将左眼贴上了猫眼。

一个背影匆匆下楼去了！

她将沙发挪开，然后一层层将之前反扣的门锁打开，拉开门一看，铁门上插着一张比萨店的彩印宣传广告。

她长吁一口气，将广告纸拿下，正打算关门，却看见齐天匆忙跑了上来。

“冰冰！”

她看见齐天满头大汗地扶着栏杆，手里提着离家时的那个行李箱。

“冰冰，我回来了。家里电话怎么也打不通，急死我了。”

她理都不理，低头打算关门。齐天一个箭步冲上来，将脚塞进门缝隙里。

“你想干吗？”

“没想干吗，我就想……回家住。”齐天嬉皮笑脸地对她说。

“回家？我们不是说好三个月吗？这才几天你就要回家。”

“事出有因嘛，我们进去再说。”

“不行！”

“为什么不行？这是我的家，我有权进去。啊，这是什么？”

齐天发现了鞋柜上那张照片。

“这，这是怎么一回事儿？”

她觉得没必要再闹下去，便把门打开，侧过身，让出一条道。

进了屋，齐天见到屋内狼藉的模样，不禁面露疑惑。他放下行李便开始收拾屋子，包括沙发、水果刀、擀面杖在内的一切东西，一边收拾一边问。

“说吧，究竟发生什么事了？”

“有人要杀我。”

“杀你？”齐天瞪大眼睛，表示不可理解。

她便从那天收到恐吓信件和电话说起，将事情的来龙去脉简单说了一遍。当然，关于宋毅以及怀孕的事情都隐去了。

“他让你交什么？”

“我哪儿知道，我怀疑根本就是个神经病。”

“不像。你真没拿人东西？”

“你怀疑我？”

“怎么会……那你报警了吗？”

“没有。”说这话的时候，她想起了那个叫简耀的警察。

“为什么不报警？你这样很危险。不行，现在就报。”说完，他拿起电话准备拨打。“电话怎么没声？”

“线被我切断了。”

他又去找自己的手机。

“你先别打。我暂时不想惊动警方，而且也没什么证据。”

“这不是证据吗？你怕什么，保护我们老百姓的生命难道不是他们这些人民警察的职责么？不行，我现在就打。”齐天又准备拨电话。

“我说了不要打就不要打！”她突然大吼一声，吓得齐天一哆嗦。

“你到底怎么了？”

“我怎么了？我还问你怎么了？别以为我让你进来，你就可以管我了！”

“别这样说，我们是一家人。”

“一家人？行，既然回来，就给我说清楚，为什么突然回来？是不是又有什么阴谋诡计要玩？不管你玩什么，我都奉陪到底！”

“说什么呢，好像我要害你似的。我这还不是知道你……怀孕了，才赶回来的。”

她愣了一下。

“你听谁说的？”

“杜鹃啊，她给我打电话，说看见你在医院做化验，就去同事那儿问了一下，才得知你怀孕了，就给我打了电话。你说你这么大事也不告诉我一声……”

“这个臭三八！要她多管闲事。”

“你怎么这样说，人家也是为了我们好……好啦好啦，既然这样，我们也别再闹下去了，你好好保养，争取生个大宝宝。”

“我不会生的，你死心吧，我要打掉。”

“你敢！”齐天突然目露凶光，连声音都带着杀气，让她不寒而栗。她意识到这会儿没必要和他纠缠。

另外，今天已经是三天期限的最后一天了，那个声称要自己性命的男人会兑现自己的死亡威胁吗？他要求自己交出来的东西到底是什么呢？

齐天还是报了警。

他没有直接到派出所，而是给青年警官简耀打了电话，并且要求后者暂时别正式立案。“可能是场误会。”他解释说。

当然，这一切都是瞒着她进行的。

所以，当她开门见到简耀的脸，还以为对方是为了王猛的案子来的。齐天今天也请了假在家陪她。

她给简耀倒了杯茶，在他对面坐下了。齐天给简耀递了根烟，后者摆摆手表示自己不抽，齐天便自己点上了。

“你现在烟瘾还挺大的。”她略带嘲讽地说道。

“噢，我差点忘了！”齐天赶忙把烟掐灭，并在烟缸里浇了点水，“我老婆怀孕了。”

简耀扫了眼她的肚子，然后迅速把视线转开了。接着，他拿出智能手机和录音笔，摆放在茶几上。

“我们开始吧。我会问你一些问题，请如实回答，否则我没办法帮到你们。”

“一定一定。”齐天抢着回答。

“那就好。你是什么时候收到威胁信件的？”

周冰这才反应过来，瞪了齐天一眼。

“大概三天前吧。”

“请你肯定一点。你说的是三天前，对吗？”

“对。”

“请详细说说当时的情况。”

“我当时刚回家，看见门缝下面塞了一封信，信封里有一张纸，上面写着‘交，或死’三个字。”

“信呢？”

“被我扔掉了。”

“为什么？”简耀很吃惊。

“我以为是恶作剧。”

“哦。那……上面的字是手写的吗？”

“是打印的。”

“你认为对方是让你交什么？”

“不知道。”

“你仔细想想有没有欠什么人东西？”

“我想不起来，没有吧。”

“嗯。当时就你一个人在家？”

“我也在家。”齐天趁机插嘴道。

简耀没有搭理他。

“当时为什么没跟丈夫说这个情况？”

“当时我急着出门，没顾得上。”齐天连忙解释说。

“我问周冰问题的时候，希望你别插嘴。”

“明白，明白。”齐天尴尬地回应。

“那么，”简耀接着问道，“你说的电话又是怎么一回事？”

“那天晚上，我一个人在家时，接到了一个男人的电话，电话内容和之前的威胁信差不离，只是限定了三天期限。”

“三天？你的意思是截止到今天吗？”

“不，应该是到昨天。今天已经是第四天了。”

“哦，这样……在这三天内，对方还打过电话来吗？”

“打过。”

“几次？”

“我只接到一次。后来我就把电话线给拔了。但昨天我回到家，发现电话线的接头竟然是连上的。我一害怕，就把电话线割断了。”

“当时门窗都锁好了？”

“是的。”

简耀站起身来，走到房间里的各个门窗处看了看，然后严肃地坐回到沙发上。

“还遇到其他什么怪异的事吗？”

“我昨天回来的时候，门上贴了一张我的照片，上面画了个大红叉。”

“在哪儿？拿给我看看。”

“我能说句话吗？”齐天微微举了举手。

“你说。”

“那张照片昨晚被我扔掉了，因为我担心她看了心里会不踏实……”

简耀看了看齐天，又看了看她。

“你丈夫刚刚说你怀孕了？”

“是的。”

“多长时间了？”

“六周。这事与案件有关系吗？”

“不确定。”简耀拿起桌上的智能手机，打开照相功能，对准她就是“咔嚓”一张。

“你这是干什么？”

“哦，不好意思，这是我的办案习惯，做完笔录都要给对方留影。”

“你问完了？”

“关于你的案子我问完了，接下去，想和你再谈谈王猛的案子。”

“下次吧，我累了。”

“那，好吧，下次再说。至于你这个案子，如果真如你所说，我建议你立即到所里立案，到时候我们可以派专人保护你，并监控来电，以便抓住罪犯。”

“好啊……”

“不用了！”她制止齐天，“可能真是恶作剧。”

“那我先走了。有事再打电话。”走到门口，简耀突然回过头来，对送他出门的齐天说：“方便和你单独聊聊吗？”

齐天为难地说：“下次吧。”

简耀表示理解地点点头。下楼之前，他仔细看了看楼道的构造。

接下来的一天，无论齐天如何讨好安慰她，她就是一言不发，只是看电视，新闻、综艺、访谈、电视剧什么都看，有时候还会被画面里的某个情节逗乐，但就是不说话也不理人；齐天又是做饭，又是削水果，甚至还故意坐在她的身边，陪着她傻笑。

她有自己的心思，只是不想表现出来。当齐天在身边的时候，她尽量装作什么事都没发生的样子，而一旦身旁无人之时，她的眼神便会不由自主地往电话机上瞄（电话线已经被齐天接好了），与其说她害怕那个男人的声音再次出现在电话那头，不如说害怕自己在等待着什么。

她看出齐天并不怎么相信自己。但相信怎样，不相信又怎样？她认定了，齐天是为了她肚子里的孩子才哄着自己的，她对他那套假仁假义故作真诚的模样早已了然于心。至于那个警察，他关心的只是像王猛被杀那样轰动一时的凶杀大案，立功戴花，表彰升职，诸如此类罢了。

再说了，她根本不可能去警察局立案。一旦立案，警方深入调查，自己多年处心积虑的伪装就会被撕开。现在还不是时候。

她也不能离开这里，再过不到一个月，所有一切都将有个了断。十年都过来了，总不至于到了这个节骨眼儿上提前缴械吧。

她只是担心自己会撑不住。近一个多月来连续出现的状况让她心力交瘁，但想起十年前的那个下午，她内心又激动起来。

朋友的溺亡，双亲的惨死，燃烧的大火，疯狂的逃亡。这一切像照片一般在脑海中闪现。

她内心煎熬的同时，外表则依然强制着冷漠，整个身体就像一只正在剧烈燃烧的大锅炉，轻微的触碰都能烫伤肌肤。她很清楚，自己不能被任何事物干扰，包括肚子里的孩子。想到孩子，她下意识地看了眼自己的肚子，也加深了对齐天的厌恶。她现在唯一的想法是找个机会摆脱齐天，去医院拿掉孩子，然后静待最后期限的到来。

而对于她的冷漠，齐天并不介怀，仍然跑前跑后，嘘寒问暖，似乎他也并不在乎她的冷漠，只需要这么做而已，就像他一直以来所做的。

后来，齐天出去买菜了，屋里只剩她一人，电话又适时地响了。她犹豫了一下，提起听筒。

“三天过去了，你的表现让我很失望。”

“你到底是谁？”

“你已经没有机会了，等死吧。”

估摸着对方要挂电话了，她突然灵机一动。

“好吧。我把东西给你。”

“早这样就没那么多麻烦了。”

“我怎么给你？”

“半小时后，你把东西放在你家楼下的垃圾桶里，然后离开，我自然会去取。”

“好。”

“记住，别要花样，这是最后一次机会。否则你的下场和王猛一样！”

说完，对方挂断了电话。

“王猛！”

听到这句话，她心里“咯噔”一下，似乎什么东西落地了。终于可以确定了，整个事情跟王猛的死有关系。王猛拿了对方什么重要东西，被他杀了，但他没找到想要的东西，而恰好自己那天去见王猛，对方以为王猛把东西给她了，所以一直在要挟她交出来。

这样东西极有可能跟王猛之前调查的事情有关。几年前，她跟王猛遇见的时候，拜托他去调查十年前的那起事件。上次去见王猛，听他的口气似乎已经掌握了不少证据，这个节骨眼儿上被杀，显然是被灭口了。想到这儿，她不禁有些伤感，觉得是自己害了王猛。

她极力回忆，当年在自家巷子口曾见到的那个男人的脸，并将他与在王猛办公室走廊撞见的男人的脸拼在一起——两张脸完美重叠了。顿时，她积郁胸中的仇恨之火一下子蹿了起来。

必须得让他付出代价。

她将那把水果刀藏在袖子里，抬头看了看钟，离那个电话已经过去二十五分钟了。她披上外套，穿着拖鞋，头发散乱着就打算出门。打开门时，齐天正好从外面回来。

“你这是去哪儿？”

“出去散步。”

“你怀着孩子，最好不要出门。”

齐天拉住了她的胳膊。

“放手！”

“冰冰，别这样。”

“你给我放手！”

她试图用力甩开齐天，齐天没站住，在门上撞了一下。

“啪！”齐天一抬手打了过来，顿时她感到脸颊上火辣辣的。

她懵住了。

“给我进去！没收拾你是吧？”

齐天趁她还在发蒙，一把将她推进屋，反手关上门。

“你别以为我不知道，你想去把孩子打掉。”

“我不想要这个孩子。”她开始回过点神来了。

“你必须给我生下来！”

“我就不生！”

她挥舞拳头，开始连续击打自己的腹部。

“我不生！就不生！就不生！”

齐天见状气急败坏地冲过来用手臂卡住她的脖子，奋力将她往卧室里拽。她想喊喊不出来，使劲拍打齐天也无济于事，只能身不由己地被拖走。

她感觉呼吸困难，双目昏黑。

“不生我就杀了你！”齐天面目狰狞，像头饿狼。

她感到绝望。接着，她想起了自己袖子里的水果刀。

她要做的就是把刀抽出来，对准齐天的肚子一顿乱捅，将他捅成马蜂窝，捅得鲜血直喷，肠子流出来。他就是自己最大的仇人。然后他倒在血泊中，抱着自己的腿，不断求饶，承认错误，求她不要杀死自己，并愿意为她一辈子做牛做马。而她只是冷冷地看着他那张可怜的脸，用手拎起他的头发，将雪白的刀子一寸一寸地刺进他的喉咙。

她最终什么也没做，只是死死握着那把刀，任由齐天的拳头雨点般落下。

09 真实的梦魇

到今天为止，她才算真正认识了齐天。

他一直在伪装。在学校里，他将自己伪装成一个和蔼可亲的老师，回到家中，他又扮演一个优秀丈夫的角色。他假装是个斯文人，读书，品茶，聆听古典音乐，这样一个看上去完美的男人，背地里却是一个虚伪、做作、庸俗、带有暴力倾向的伪君子。

但现在知道已经晚了。她被囚禁了。

齐天用麻绳将她双手反绑在身后，嘴巴封上了透明胶带。他发现了她藏在袖子里的刀，先是吃惊，接着暴怒，然后又扇了她几个耳光，直到她脸颊红肿，不敢睁开眼睛。当然，他并没有碰她的肚子。

“你给我老老实实在家待着，哪儿也不许去，直到把孩子生下来。”

齐天自顾自地吃完饭，然后将她费劲地弄到卫生间，扒光她的衣服，放进浴缸里清洗，动作粗鲁得就像在洗刷一头肥硕的生猪。

之后，给她找来一件大号的连衣裙睡衣，套上，再拖到卧室。床头柜上放着一大碗饭菜，他给她解开绳索，撕下胶布，威胁了几句，便关门出去了。

这突如其来的噩运、身体与心灵遭受的创伤让她不禁大哭起来，委屈、羞愧、耻辱像波浪一般层层袭来。也不知过了多久，她感到浑身无力，饥肠辘辘，便端起饭碗，大口大口地扒拉起来。她告诫自己，一定不能被打垮，然后找个机会给这个王八蛋最沉重的打击，刚才的泪水算是一种自我告别和解脱吧。

这就是宿命吗？她不知道。她想起十年前，当她决定成为周冰之后，她就发誓，一定要坚持走完这十年。她身负重任，无论多大的苦难都不能阻止她，而这一切的代价就是她不再是胡婷婷，不能被人发现自己的身份。所幸的是，离那个日子已经越来越近。

到目前为止，她还没明白齐天所谓“哪儿也不许去”意味着什么。只要他不在家，她就有把握闯出这个屋子。

直到后来，她听到了钉钉子的声音，才惊慌起来。

她使劲想拉开木门，却怎么也拉不开。

“齐天，你个王八蛋，想干什么？”

问题没有得到回答，锤子击打的声音反而更大了。她内心一阵恐惧，慌忙寻找重物试图砸门，却发现屋内除了枕头、衣物和灯具，找不到任何能使得上劲的物件。这个屋子彻底成了一个无法与外界联通的囚牢！

不对，还有窗户。她急忙来到窗前，对着楼下和远处高呼起“救命”来。可还没叫上几声，只听见身后的门被打开了，齐天手持羊角锤凶神恶煞地冲了进来，从身后一把抓住她的头发就往里拽拉。疼痛与屈辱让她不得不顺着那股力量往后倒退，接着一失衡倒在了柔软的床上。

“再叫一次试试？”齐天将锤子举得老高，恶狠狠地说。

她不说话，盯着丈夫那张扭曲变形的脸庞，内心居然没有一丝悲伤之情。她不断提醒自己，现在最重要的是保证自己不再受到伤害。

“告诉你，我现在所做的一切都是你逼的！”

好吧，是我逼的。

“你最好别做傻事。你肚子里的孩子是我的，要是他出了什么事，我一定剁了你。”

好吧，剁了我吧。

“还有，别大呼小叫，没用，大家顶多以为我们是夫妻吵架。要搞得我烦了，就把你的嘴给粘起来。”

好吧，我不叫。

见她被镇住了，齐天走到窗前，把窗户关上。

“好好休息，这里是六楼，千万别做傻事。冰冰。”

说完，他准备出去，走到一半，转身，又露出了阴森的笑容。

“噢，不，我还是叫你的真名吧。胡婷婷。”

看着她露出惊讶的表情，齐天哈哈大笑起来。

“我知道。我从一开始就知道。”

说完，他笑着走了出去。在关门之际，她看见房门外面多了一道门闩。

原来自己这么傻，一直以为自己在骗别人，其实一直被人骗。她感到浑身上下难受极了，整整一夜，都没有合上眼睛。

到了第二天清晨，她隐约听到齐天在忙活的声响。过了一会儿，门开了一条缝，一碗热气腾腾的面递了进来。接着门很快就关上了。

她走到房门口，开始用力拍打木门。

“怎么了？”

“我想上厕所。”

“你看见床边那个塑料盆了吗？那就是给你上厕所用的，用完我给你洗。”

“我想去厕所。我保证不跑。”

“不行，就用那个盆。”

“神经病！快放我出去！”

她又开始奋力拍打起门板来。

“别闹了，别逼我打你。”

“来啊，打啊，最好打死我。”

对方突然没了声音。

“说话啊，你不说话我就打肚子了，把孩子打死。”

“你不敢。”

这句话好像一下子击中了她的要害，她有气无力地坐回到床上。没错，我懦弱，我不敢，否则也不至于造成今天的局面。她痛苦地望着天花板，眼前飘过十年前的那个画面。那次溺亡，那个在岸上吓得瑟瑟发抖的女孩。

这十年来，她一直活在痛苦的记忆中不能自拔，甚至不敢再真心结交一个朋友。在广东深圳，她与工厂里的其他女工格格不入，几乎不做任何深一步的交往。回到此地后，她依然不敢对任何人敞开心扉。在公交公司，她只开车，不说话，独来独往像个患有自闭症的孩子；下班回到家，她与齐天也并无感情，一切都是在做戏，只为了替好朋友圆梦；实在要算，倒是和王猛还有那么一丁点儿的坦诚交流，只因为他知道自己的身份和一些秘密，但也仅此而已，再说，他已经死了。

接着，她就想到了宋毅。再次遇到他，她有一种久违的感觉。她觉得在他面前自己紧闭的心扉在一点一点地打开，虽然仍然有意识地隐瞒了许多事情。

如果现在能联系上他，他会前来拯救自己吗？她听到齐天出门的声音。又等了一会儿，确认家里没人之后，她走到卧室门口，试着拉了拉门。门从外面被闩上了。她将手搭在门把手上，右脚蹬住门边的墙壁，铆足了劲，来回拉扯门。

一点用也没有。

接着她换了种方式，抬起脚对准门板的中部使劲踹。一下，两下，也不知踹了多少脚，直到踹得她已经完全抬不起脚了，门终于出现了裂缝。休息了几分钟后，她又开始踹。

“啪！”门闩的螺丝松开了。她又踢了两脚。

门开了。

重获自由的快感差点让她哭出来。

她第一时间想到打电话给宋毅。她要告诉宋毅真相，告诉他自己就是胡婷婷，一直在等他。她想让他赶紧过来，带自己离开这儿，离开齐天，离开这个肮脏的地狱。

她跑到电话机旁，飞快地拨着宋毅的电话号码。这个号码她在心里已经拨过千遍万遍，早已熟记于心。

电话接通。“嘟……嘟……”每一声“嘟”对她来说都是煎熬。

终于，电话那头传来了宋毅的声音。那一声“喂”如同催泪弹，所有的委屈化作眼泪流了下来。她是如此激动，以至于半天说不出一句话。

“周冰？”

“是我。”她一时不知从何说起，“你来我家接我，我有重要事情和你说……喂？喂？”

“什么？你大声点，我这儿信号不好，听不大清楚……”

接着，一阵杂音，只听见“嘟嘟”几声，对方手机的信号便断掉了。等她再拨号码，已经无法接通。

挂掉电话，她立刻跑到门口，开门，下楼，往小区门口跑去。她内心祈祷，齐天千万不要回来。千万不要。

不幸的是，刚到小区门口，齐天便出现了。她感觉心提到了嗓子眼儿。

这时，一辆路虎开进了小区，停在她面前。

“上车！”宋毅探出脑袋，朝她喊道。

她感觉自己像被王子拯救的公主，王子骑着宝马，手持宝剑，即将护送她脱离巫婆控制的黑暗洞穴，幸福感从来没有如此强烈。

她迅速上了车。

“我正好在附近办事，手机没电了，怕你有急事，我就赶了过来。”

宋毅把车掉了个头，刚想走，看见一个人拦在了他的车前。宋毅仔细辨认着车前的这个人，大吃一惊。

“齐老师？”

“不要下去！”她喊道。

“怎么回事？”

“我求你，别下车。”

宋毅并没有听取她的建议，他打开车门，下了车。她看见宋毅面带微笑走向齐天，礼貌地和他握手。两人交谈着什么，并不时望向车内的她。她失望地看到，宋毅的表情从喜悦变成了严肃。最后，宋毅几乎是跑着过来的，她意识到事情已经改变了风向。

“下车吧！”

“宋毅，我可以跟你解释。”

“齐老师是你的丈夫？而且你还怀有身孕？你怎么不早说呢？”

“事情不是你想的那样……”

“那是怎样？我想不出来。”

“我会跟你解释……”

“下车吧！”

“宋毅！帮帮我。”她哀求道。

“对不起，你们夫妻的事我管不了。”

宋毅把车门拉开，她无助地下了车。

“求你了，不要把我交给齐天，他会害死我的。”

“对不起。”

“宋毅，我不是周冰，我是胡婷婷。你带我走吧。”

她以为自己说出这个秘密，宋毅会大吃一惊，结果并没有。

他沉默了几秒钟，说：“我知道，婷婷，但我不能带你走。再见。”

一声再见，她的心彻底破碎了，泪水止不住地落下。

宋毅低着头，上车，驾着自己的越野车驶出了小区。他开得飞快，意外发现自己居然没有丝毫愧疚，只觉得解脱。十年了，这个心结终于解开了，初恋毕竟只是初恋，胡婷婷已经不再是以前的胡婷婷了，有关她的美好青春记忆就此封存吧。回到现实，下午，他还要和美丽的未婚妻去影楼拍婚纱照。

胡婷婷开始逃命。她像个疯子一般大叫着“救命”，在小区里奔跑起来。齐天见状，拔腿就追。于是小区里的居民看到这样一幅场景：一个身穿睡衣、身材臃肿的胖女人在前面跑，身后紧跟着一个打扮整洁、形象儒雅的男人，一边追，一边还不停跟侧目的路人点头致歉，解释说“对不起，这是我爱人，对不起”……很快，齐天就追上了她，然后死死地抱住她水桶般的腰部。她死命挣扎。有好事的人上来劝说，他只一个劲儿地赔不是，然后用食指指着自己的太阳穴，说“她这里有毛病”。

毕竟不是齐天的对手，她逐渐感到体力不支，心里愈发焦急。忽然，她看到围观的人群中出现了一个陌生而熟悉的身影，没错，是他，那个威胁过自己的男人，那张十年前在巷子口撞见的脸，那个杀害王猛的罪犯，正冷冷地看着她。

她一阵兴奋，像看到救星一般朝那个人伸出了手，刚想喊，突然嘴被一块棉纱布捂住了，一股浓烈的药水味凶狠地钻进了她的鼻腔，瞬间脑子便失去了知觉。她迷迷糊糊地听见齐天仍然在嬉笑着解释："她是我爱人，她这里有毛病，不好意思，不好意思。"

现在她知道了，齐天不但虚伪、阴暗，还手段卑鄙。当再次睁开眼睛的时候，她感到浑身酥软无力，眼睛迷糊，口干舌燥。她的身体被摆成了一个"大"字，四肢均被捆在了床沿，根本动弹不得。

齐天从外面进来，往她嘴里灌了几口水，差点呛死她，却也让她的头脑比先前清醒了不少。接着齐天转身出去，回来时身后跟着一个穿白衣的女人。她努力睁大眼睛，认出来是杜鹃。

"不用我介绍了吧。"齐天笑嘻嘻地说道。

"畜生……"她觉得说话十分费劲，便停止了后面的辱骂，但心情仍然难以平复。她现在知道齐天的迷药从哪儿来的了。

杜鹃走到她的跟前，俯下身，用手抚弄着她的头发。

"真可怜。"

她奋力将头扭向另一侧。

"你先出去，我和她单独聊聊。"

齐天出去时把门带上了。杜鹃坐在床沿，轻轻叹了口气。

"我和齐天在一起二十多年了。"杜鹃见她并没有反应，接着说道，"从中学就开始了。"

"我在高中时堕过一次胎，伤了身体，这一点，他始终觉得对我有亏欠。但其实我觉得自己欠他的更多。因为我不能给他生孩子。"

胡婷婷突然想起在杜鹃办公室里看到的那个婴儿推车，毛骨悚然。

“我们有一个约定，他可以结婚生子，但无论是身体还是心灵，都是属于我的。作为代价，我一辈子不结婚，做他的情人。婚姻只不过是形式，说散就散，唯有爱情是永恒的。

“他的前妻给他生了一个女儿，显然他还想要个儿子，于是我让他离了婚，重新找一个。当然，找谁得听我的。

“他有个同事，叫王雪梅，一看就会迷惑男人。那是唯一对我形成威胁的女人，漂亮得女人看了都会心动，尤其是那双眼睛。果不其然，齐天被她迷住了，于是我就找机会给她下了能弄瞎眼睛的药。”

杜鹃说这话的时候轻描淡写，仿佛在说一件极为普通的事情。

“后来我得知又有个女人在追求他，开始还有点担心。可当我见到你本人的时候，一下子就释然了，我英俊潇洒的齐天怎么可能会喜欢上一头肥猪呢？

“抱歉，话虽然有些难听，但这是事实。我鼓励齐天继续和你交往，并接受你的爱，与你结婚，当然，最好是给他，不，给我们生个儿子。

“你的婚检报告我仔细看过，非常健康，除了有点低血糖，完全具备正常生育能力，为了让我和齐天的宝宝健康出生，我个人暂时牺牲一下也没有什么不可以的。

“之后你们结了婚，貌似过上了幸福的生活，但一年之后，你的肚子毫无起色。对了，齐天早就知道你是胡婷婷，虽然不知道你为什么要假装周冰，但我觉得这是一个利用你的机会，没必要揭穿你。

“因为你一直怀不上，我们也想过放弃你，可一时又找不到新的目标，再加上你对齐天很放任，我们也就无所谓，没想到转眼两年过去了，你仍然没有怀上。我问过齐天原因，他说你似乎对性爱没有热情，甚至有些冷漠，而且时常还要求戴套，与你做爱就像跟一摊肉泥做。以我的医学知识，这样对怀孕毫无帮助。事实上，就在前不久，我们对你失去了耐心，你提出的离婚请求也正合我意。没想到你突然又怀上了，这真是天大的喜讯，看来，我在你爱吃的巧克力派里掺加的药物起到了作用。”

她回忆起了那几天深夜出现在茶几上的巧克力派。

“当我把这个消息告诉齐天时，他高兴得简直要疯，虽然胎儿现在才六周，但我根据从你身上采集的DNA样本，以及从B超室搞到的资料，综合分析后认为你至少有百分之九十生男孩的概率，等到了三个月大，再带你去做一次B超，基本上就可以确定了。”

听到这里，胡婷婷把头转了过来，盯着杜鹃。

“让我给你们生孩子，你觉得这样的事情可能发生吗？”

“当然。我知道你是怎么想的，齐天跟我说你有堕胎的打算，而且昨天差点让你跑掉。不过这种事情不会再发生。我会一直盯着你。”

“贱人！”她再也控制不住自己的情绪，疯狂地挣扎起来。

“骂吧，随你骂，我不在乎。”

杜鹃冲她冷笑了一声，然后从不知何时放在床头柜上的医药箱里拿出一根针管和一支药水，将药水抽入针管内，再将多余的空气压出。针头射出来的水柱在空中划出一道美丽的弧线。

“别动！如果你不想受罪的话。”

来不及反应，钢针便插进了自己粗壮的手臂。很快，她便昏睡过去。

她做了一个混乱不堪却又真实无比的梦。

她梦见自己躺在冰冷的手术台上，四肢被护士死死按住，一个身穿浅绿色手术服、戴着白口罩的男医生蹲在她的前方，冷冷地盯着她的下体。她感受不到羞愧，也感觉不到疼痛，只知道汗水浸透了衣服，躯体仿佛漂浮在水面上晃动。不，那不是水，而是鲜红的血。是的，自己被血包围着，护士和医生全都站在血中，如同血浴。终于，她感到有什么东西从身体里被挤了出来，医生在往相反的方向拉拽，她一使劲，顿时体内一阵空荡，成了一个被掏空五脏六腑的躯壳，绵软，空虚。她刚想闭上眼睛喘一口气，却看见那个医生手里捧着一个红红的婴孩，递到了她的面前。她想辨认一下孩子的性别，却双眼模糊，无论如何也看不透彻。这时，医生揭开了自己脸上的口罩，她的眼睛一下明亮起来：这个表情阴冷、邪恶的男医生居然是宋毅！

她是哭着醒过来的。醒来后，她发现自己身上的束缚解开了，窗户打开着，明媚的阳光照射进来，令她有种身在天堂的错觉。

齐天正在调试一个新买的空气净化器。杜鹃则撑开一幅印有一个漂亮外国婴儿的图，对着墙壁四处比画，寻找粘贴的最佳位置……总之，在她的眼里，他们就像一对快乐的夫妻，期待着孩子的到来。

“你醒啦。”

见她坐了起来，他们纷纷放下手中的活计，围了上来，同时对她露出令人难以置信的、自然的笑容。

“来，下来四处走走，看看对我们的布置是否满意？”杜鹃将她搀扶下床，仿佛之前的事情根本没有发生过。

“我知道你对我们还有些看法，但是为了宝宝的健康出生，我想大家还是冰释前嫌，放松心态，齐心协力打一场漂亮的战役。”

“对，没错。”齐天连忙附和杜鹃的“战斗宣言”，而奇怪的是，她对此情此景竟然没有产生任何不适反应，整个人麻木地点了点头。

“这就对了。你看，你的孩子也是我们的孩子，到时候一出世，有两个妈妈来疼爱，这么幸福的事去哪儿找啊。”

她觉得这话说得有点道理，但似乎又有点不对，可想不出究竟哪里不对。

“你就好好在家养胎，由我这个医生照顾你，保管你生个漂漂亮亮、活蹦乱跳的大胖小子。你说对吗，齐天？”杜鹃最后将问句落在齐天的身上，后者像小鸡啄米似的不断点头，嘴里说着“对对对”。

她对此没有看法。不仅如此，她开始对任何事物都没有看法，也没有兴趣，似乎浑然不知。

“好吧，大家也累了，休息一下，先吃饭。”

杜鹃完全像家里的女主人一样，齐天和她都乖乖地离开卧室，走到客厅的餐桌前坐下。杜鹃走进厨房，从里面端出早已做好的饭菜。

菜做得非常丰富，看得出确实用了心。三个人围坐在桌前，看似其乐融融地分享着美食和趣闻，时不时还互相夹菜，逗乐。当然胡婷婷只顾着埋头吃饭，偶尔也因为齐天指出她嘴边粘了一粒米而报以傻笑。她依然能准确回忆起之前发生在自己身上的噩梦，但不知为何，她没有任何反应。

她意识到自己病了，病症就是对任何事物都没有了感觉，包括对病症本身。她甚至不关心自己是怎么变成现在这副模样的。

“可能是杜鹃给我下药了吧？谁知道呢，管他的，我只要把孩子生下来……我为什么要把孩子生下来？不知道。总之，要把孩子生下来……”

她不再纠结这些，且精神涣散得厉害，集中不起来，头脑和身体达到了一种前所未有的松弛状态。简直太松弛了。

整个下午，她都躺在柔软的沙发里，眼睛盯着不断闪烁的电视屏幕，思维放空。齐天和杜鹃仍在忙活，他们说要把这个屋子装扮成丹麦童话中的儿童乐园，两人像打了鸡血般兴奋不已，与呆呆的她形成极度鲜明的反差。

更匪夷所思的是，她连一丝逃跑的念头都没有。那段时间她坐在客厅，独自一人，他俩在卧室里，大门离她宽大的后背不足三米，只要一转身，跨上两步，拉开门，就能冲出囚牢。她却并没有这么做。有那么一瞬间，她侧身抬头仰望墙头的时钟，余光瞟到了那扇灰暗的大门，可就是大约零点一秒之后，她便将视线收了回来。

这里是囚牢吗？或许是，可“为什么要逃跑”这样艰深的问题没有在她的脑海中停留过。

到了晚上睡觉时，杜鹃把她送进房间，就出去了。

等彻底安静下来，她开始有了点思考的能力。她很好奇杜鹃晚上是不是也在这里。她轻手轻脚来到卧室门口，悄悄拧开把手，露出一小条门缝。透过这条门缝，她往客厅看去。

这一看让她遍体生寒。

客厅里，杜鹃搭了个梯子，爬上客厅天花板的位置。她伸手将隐藏在吊灯后面的某个开关一按，天花板悄无声息地开了一个方洞。杜鹃爬进洞，对站在木梯旁的齐天小声道了句“晚安”，便关上了洞口。客厅里安静下来，一切就像没发生过。

她这时才明白，为什么齐天要买这套顶层房子。

这其实是套复式房，齐天把它改造成了上下两套，并用天花板隔开。

也就是说，三年来，杜鹃一直住在这个屋子里！

10 无处可逃

之后的日子，杜鹃每天都会给她注射一针药物，每次注射完之后，她就困顿得不行，迅速进入睡眠，一夜乱梦，直到早上醒来却神清气爽，心情舒畅到了极致，不再对任何事物产生怀疑，不再费心思考虑处境，任何事物都吸引不了她长久的注意力，除了大家不断在她耳边念叨“将孩子生下来”。

那天下午五点左右，杜鹃提出要带她下楼去小区里散散步。就她俩。她没有理由拒绝，也不知道该不该应承，只是乖乖地跟着杜鹃下了楼。

七月下旬，傍晚的小区微风徐徐。这个小区虽然建得有些早，绿化却搞得不错，不但种上了观赏性强的花和树，还在楼与楼之间植上了人工草皮，并开辟出了数条曲径通幽的鹅卵石小道，道旁相隔不远就安有木质长椅，供居民休息。杜鹃带着她走进小道，坐在一条表面有些斑驳的长椅上。

“这个地方住了三年，还是第一次和你一起散步。”

她没有表达的欲望，对杜鹃的话也毫无兴趣，根本就不在听。

“在你上夜班的那段时间里，我和齐天会出来散步，就坐在这张椅子上。”

她感觉有蚊子在咬自己的腿，痒痒的难受，便伸出手掌在自己的大腿上胡乱拍了拍。接着，又有更多的蚊子结成团伙盘旋在她的头顶，她抬手赶了赶。蚊子们被驱赶散开，又迅速集结，散开，集结，如此反复。她无聊地放下了手臂。

“有一次，我们碰见了一个多事的邻居。齐天居然介绍说我是他妹妹，哈。”

一阵风吹在她的脸上，像扇了她一个耳光。她望望周围，空空如也，突然意识到这是一个逃走的绝佳机会。但很快，她的意图就被察觉了。

“我劝你还是放弃逃跑的想法吧。我调查过，你在这里没有任何亲人，你根本无处可去，而且还怀着孕。”

是啊，我能去哪儿呢？这个问题一闪而过，使她失去了逃跑的动力。看来杜鹃对自己的情况了如指掌，她又说了一些无关痛痒的话，然后牵引着自己回了家。

到了晚上，药物进入体内之前，她会变得极端敏感，仿佛身体各个器官的功能都被加强了。她躺在床上，房门紧闭，还是能清晰听到客厅里杜鹃和齐天在小声讨论着给她打针对胎儿产生的影响。她心里一紧，刚想爬起来，却猛然被楼下小区里的动静转移了注意力。她能听见楼下野猫在草丛中穿行的声响，能察觉头顶明月移动的痕迹，以及小区外出租车内自动打印发票的“哒哒”声。接着，她看见一只黑色的蝙蝠愣头愣脑地飞了进来，晃悠一圈后，倒挂在了窗帘上。

她拿起手边的书（她最近又开始读起了萧红，依然读不进去）朝那只形状怪异的生物掷了过去，很可惜，力道过大导致方向偏移，书本飞向了另一个方向，丝毫没有惊动到它。只见它不慌不忙地挪动几步，然后张开了可怖的小嘴，露出锋利的牙尖。突然，它飞到空中，扑闪着翅翼朝她冲过来，她吓得钻进被子，蜷缩成一团，死死捂住头部，浑身战栗不已。

意外并没有发生。屋子里万籁俱寂，只剩下她轻微喘息的声音，汗水浸湿了床单被套和身上的睡衣，接着，她听见开门声，有人走了进来，不止一个，然后是顶灯被打开的声音。

“冰冰。”

身上的被褥被慢慢掀开了，强烈的光线刺得她眼睛有些睁不开，只能紧紧闭着。

“简警官来了。”

过了一会儿，她缓缓睁开眼睛，看见面前站着齐天和简耀。

“你好，我正好在这附近办案，想过来问你几个问题。”

她有气无力地笑了笑，试图坐起来。

“你没事吧。刚才我听你丈夫说了，你最近身子比较虚弱。”

她突然想到，警察就在面前，这难道不是一次获救的最佳机会吗？但很快，她的思维又飘到了窗帘上那只蝙蝠身上。她根本无法集中精神，就连说话也非常费劲。而齐天一直在旁边死死盯着她。

“看来情况挺严重的，我改天再来，你好好休息。”简耀说。

“我送送你。”不等她作任何反应，齐天已经将手搭在了简耀的肩膀上，“这么晚了你们还出来工作，做这行真不容易啊。”

齐天边说边揽着简耀迅速走出卧室，并随手关了灯。机会稍纵即逝。她怨恨自己为什么不抓住简耀的手，去争取自由。但很快，这股怨恨也没有了。她好像失去了思考能力，只剩下恐惧。她害怕那只藏在屋里的蝙蝠会再次从黑暗中飞出来攻击自己。

等了一会儿，仍没什么动静。她从床上下来，试图活动活动筋骨。她感觉脚下一滑，踩到了什么硬邦邦的东西。她弯腰捡起来一看，是一根非常小的铅笔头，外面用皮筋箍着一小张折叠的便条。打开便条，只见上面写着：“如需要帮助，用笔写在背面，从窗户上扔下来。”

这行字就像一枚子弹，瞬间击中了她的太阳穴，爆炸开花。她的记忆之盒被打开了，不安分的记忆鱼贯而出，焦虑的情绪遍布全身细胞。她认识到自己被囚禁的事实，回忆起齐天的打骂，宋毅的误解与离去，杀手冷漠的眼神，十年前熊熊燃烧的大火，翻腾不息的水面，以及冰冷的注射针头刺进肌肤的痛感……她又想起肚里的胎儿，那个必须要变成暗红色血块流掉的物体。不，绝对不能生下来，我的历史使命只剩下最后一个月了，新的生命在等着我，决不能生！

她激动地用铅笔头在便条的背后写下：“我被囚禁了，快救救我。”然后将便条重新叠好，攥在手中，下床往窗口走去。

走到一半，她犹豫了。

这个名叫简耀的警察我能相信吗？他怎么知道我需要帮助？他

为什么要帮我？他真的是警察吗？刚才为什么不直接问我，而要通过这种方式？如果他只是那对狗男女派来试探我的怎么办？

一连串的疑问冒出来，但很快，她便否定了自己。她给自己的理由是：如果错过这次机会，以后可能再也没有机会了。

就在她再次抬脚往窗边迈进的时候，灯猛然亮了，吓得她心脏差点跳了出来。

“你在干吗？”身后传来的女声不用分辨，是杜鹃。

她没有转身，脑袋迅速做出反应：“刚才看见一只蝙蝠。”

“什么？”

“蝙蝠。好美。”

她这才缓缓转过身，目光变得呆滞，脸上露出微笑，手心攥得死死的。她看见杜鹃手里托着一个白色的搪瓷盘，盘中摆放着注射器和小瓶药水。

“你手里什么东西？”

“没什么啊。”她话这样说，手心却攥得更紧了。

“既然没什么，就打开给我看看。”

杜鹃上前一步，她顺势后退一步。

“说了没什么。”

“打开。”

她有些不情愿地将左手往前一伸，摊开手掌，空空如也。

“另一只手。”

一样。没东西。

杜鹃这才露出满意的笑容。

“这就对嘛，听话，来，坐到床上，该打针了。”

她往床沿一靠，顺势用脚跟把扔在地上的便条团和笔头踢到了床底。当杜鹃将药水吸进注射器以后，她突然问道：“为什么打针？”

杜鹃愣了一下，脸上立即堆上了笑意，说：“这是安胎针，对宝宝的健康出生有很大帮助。”

“我不打。”

“不行。必须打。”

“不打。”

“这事由不得你。”

“你敢！”

“我不敢？”杜鹃一下子变得面目狰狞起来，将注射器倒拽在手中，针头朝下，狠狠地朝她的胳膊扎去，“给脸不要脸。”

“去你妈的。”

她用自己粗壮的手抓住杜鹃的手腕，脚用力朝后者的肚子踢去，杜鹃“哎哟”一声坐倒在地上，注射器也摔在地上，针头挫成了S形状。

“齐天！齐天！”杜鹃哭丧着脸，像打输了架的孩子坐在地上高声呼喊着，几声之后却没有得到回应，“你个臭不要脸的母猪，给我等着。”杜鹃一咕噜从地上爬起来，冲出房门。

她趁着这个空当，迅速从床底找到那个便条和笔头，扒开窗帘就扔了出去。手刚伸回来，身后就传来响动。

“怎么回事？”

她回头看见齐天和杜鹃气势汹汹地冲了进来。

“她踢我。”杜鹃委屈地向齐天控诉，话语之间又透着一股子小人得势的得意劲儿。

“踢你又怎么样？”她故意挑衅地说。

话音刚落，只见齐天阴沉着脸，一语不发地朝自己快步走了过来。她心里一阵发毛，一时间不知道怎么办才好，刚想争辩，齐天三两步已经来到她的跟前，二话不说，抬起手就狠狠地一巴掌劈下来，她顿时觉得眼冒金星，耳朵里一阵鸣响。

“滚到床上去！”

她一手捂着脸，麻木地回到床上，像个僵尸一样朝天躺着，张大双眼，一动不动。她仿佛听见满屋子都飘荡着讥笑，有杜鹃的，有齐天的，甚至还有那只蝙蝠的。他们笑得那样开心，笑得前俯后仰，嘴都笑歪了，笑出的泪水淌了一地。

过了一会儿，杜鹃重新端来药水和针管，给她注射。她很快便眼前一阵模糊，失去了意识。

后来，她隐约听见有人在呼唤自己。那个声音清澈、干净，宛如来自天上，是天使在召唤自己吗？

“是周冰吗？”

她艰难地睁开眼睛，想看看自己是不是身处天堂，却发现仍然深陷黑暗，顿时一阵失望。接着，她感觉到身旁睡着一个人，一双明亮的眼睛在月光下闪烁着光芒。这一看吓得她被电击般坐了起来，浑身肌肤一阵发麻。

“谁？”

“你醒啦？”声音虚无缥缈。

“你到底是谁？”

“是我啊。”

她仍然辨认不出。她将手伸到床头，打开台灯。

竟然是杜鹃。她吓得惊叫一声。

“你怎么在这儿？”

“别怕，我不会伤害你，睡吧，宝贝。”

也许是强光刺眼，杜鹃伸手又将灯关掉了。黑暗中，杜鹃将手臂从她的颈后绕了过去，搂住她胖硕的肩膀。杜鹃的动作极为轻柔，竟然让她感觉稍微安定了点，身体也不那么抖了。过了一会儿，她渐渐平静下来，感觉自己是一个巨大的婴儿，正睡在母亲的怀抱里，踏实而舒适。慢慢地，她安详地睡着了。

这个温馨的姿势一直保持到天亮。

等她再次醒来的时候，杜鹃已经不在身边了。她正站在窗前，将窗帘拉开，打结，让新鲜的阳光和空气都渗透进来。

和前几天一样，胡婷婷觉得心情出奇地好，内心的杂念也荡然无存，注意力分散，慵懒，内心平静得如同一潭碧绿的湖水。她回想起昨晚的事，觉得像是一场梦，不知是真是假，也不在乎是真是假，眼前只有杜鹃的笑脸最为真实。

忽然，从墙角跳出来一只蝙蝠，跌跌撞撞，找到窗口，飞了出去。杜鹃被这突如其来的一幕吓了一跳，但很快就恢复了平静，微笑地看着她。

“昨晚睡得好吗？”

“挺好。”

"去洗漱一下吧，早饭已经准备好了。"

"嗯，好。"

在卫生间里，她一边刷牙，一边回忆着杜鹃说过的话。逃走？我真的有必要逃走吗？我为什么要逃走？我又能逃哪儿去呢？

这些问题刚一抛出，立即就如同烟雾被吹散了。因为她的注意力被另外一件事情拉拽了过去。可能由于用力过猛，她看见自己嘴里吐出来的牙膏泡沫被鲜血染成了红色，于是赶紧含入几口冷水漱口。

等弄完这一切，她坐在了马桶上。外面静悄悄的，一直没人来催她。在这个幽闭的小空间里，她感到了前所未有的宁静。

也许一切就快要结束了。她想着，心里既害怕又坦然。

后来，她感觉腿有些麻了，便靠着洗脸池站了站，直到血液重新流通。

她打开卫生间的门，来到客厅。

气氛安静得有些诡异。

电视机开着，里面正在播放早间新闻。股市大跌。

她来到沙发边。

沙发上并排坐着齐天和杜鹃。

他们正对着电视机。

他们的头颅不在脖子上，而在各自的怀抱里。

II 我叫简耀，是个警察

我叫简耀，是个警察。

这是我最常用的开场白，老实说，每当“警察”两个字从我嘴里说出来的时候，都会有一种奇异的感觉由胸口往头顶上涌。

我叫简耀，是个警察。

不好意思，我又说了一遍。请原谅我的情不自禁吧。在我刚入行的那段时间，我每天要对镜子说成百上千遍，哪怕每次得到的感受都一样。

我幼时起就立志成为一名警察。在那之前，我的理想是成为一个像我爸那样的厨子，铁勺一扬，我妈的脸上就乐开了花。然而在十三岁那年，我亲眼见证了一件事情，人生的方向从此发生了转变。

那是一个酷热的夏天，像往常一样，我和堂哥去水库游泳。翻过一座土丘，趟过一片稀稀拉拉的草地，我们便看见了泛着绿光的水库。当时正读高中的堂兄来度暑假，暂住我家，几乎每天都领着我来这里游泳。因为从小傍水而居的缘故，我的游泳技术相当不错。

很快，我俩就脱光衣裤下了水。那个时候我身高不到一米四，体重也就五十来斤，平日里走在路上就像一根豆芽随时会被吹走，可一旦到了水里，我便感觉自己像一条泥鳅，轻盈、欢快，如同活在水中一般。

从城市来的堂兄身形高壮，在水中略显笨拙，扑腾起来水花巨大。身体差异巨大的我们在辽阔的水中比试了一番前进速度之后，率先认输的他疲惫不堪地先上了岸。

我当然也累得够呛，但为了显示自己比他厉害，没有马上上岸，身体仍泡在水中。过了一会儿，我看见他突然闪到树丛后面，手搭凉棚在观望着什么。我觉得好奇，便问："你在看什么呢？"

他将食指放到嘴边做了个噤声的手势，然后朝我招招手，示意我上岸去。我立即从水中出来，光着屁股走到他身边。

顺着他手指的方向，我看见了一个裸体的女孩在水中漂浮。

我至今无法形容那个美妙的画面，正如我无法形容第一次恋爱时的感受。我所能察觉到的是身旁紧挨着的那具躯体滚滚发烫，犹如一块被烧得通红的矿石。在这颗矿石下方，一根硕大的"棍子"坚硬而挺拔。

再后来，事情发生了逆转。

我看见那个白花花的身体忽然一阵扭曲，挣扎，很快沉入水中。我惊呆了，瞪大眼睛在水面上四处寻找，期盼那一抹亮色重新破水而出。接着，我看见了岸上的另一位女孩。

那是一个身材肥胖的姑娘，只见她站起身来，对着湖面张望了一会儿，然后双手围在嘴边充当扩音喇叭，高声呼喊起来：

“婷婷！婷婷！”

水面没有一丝回应。

她继续呼喊着，看得出来异常焦急。

可能是被她这种情绪所感染，我一时间也焦急起来，想立马过去帮她下水寻人。但我刚张开嘴想回应她，却被一只大手捂住了嘴，随即被拉回到树丛后。我看着堂兄，只见他眼睛里的光逐渐暗淡下去，脑袋轻轻地左右摇晃，他下方的那根“棍子”也耷拉了下去，绵软无力。

就在这时，我听见“救命”的声音朝我们的方向逼来，一看，果然是那个胖姐姐发现了我们，跳着喊着冲我们招手示意。

出乎我意料的是，堂兄松开我的嘴，迅速捡起地上的大短裤一套，拉起仍赤身裸体的我就朝相反的方向跑去。我只愣了半秒钟，就跟着跑了起来。

我们不要命地奔跑，就像两只被野兽追击的小鹿，狼狈不堪，慌不择路，直到身后的呼救声越来越小，消失不见。我们跑啊跑，跑过草地，越过山丘，跑进村子，不顾邻里惊诧的目光，冲进院子，跑回了家，惊魂未定地坐到了饭桌前。厨艺一流的父亲已备好菜肴，我们大口大口吞咽起来。当时的我非常害怕自己的嘴一旦没塞住，事情就会像气体一样从牙齿缝里泄漏出来。

这件事后来就成了我和堂兄共有的秘密，我曾经想问堂兄当时为什么要跑，但最终还是没有问出口。堂兄在事情发生后的第二天就离开了我家，回到省城，奔赴学业去了。

在他走后的当天下午，我又独自一人鬼使神差地去了水库。

我一直被那个呼救的画面困扰着，以致寝食难安。我当时天真地想，如果抢救的行动仍在继续，我一定会一猛子扎进水里，寻找那个美丽的溺水者。

我一边想，一边走，内心逐渐为自己的勇气激动不已，甚至拔腿跑了起来。等跑到水库边上，我被眼前黑压压的人群吓了一跳。我壮着胆，从大人们的双腿间挤进去，看到岸边的鹅卵石地上仰面朝天地躺着一具男人的尸体。尸体看上去很年轻，浑身赤裸，两只脚丫光秃秃地八字分开，平头，脸和手脚经过浸泡已经浮肿，乍一看像服装店里的塑料人偶。他的身旁跪着一对年过半百的夫妇，像是死者的父母，正呼天抢地干号着。

"我的儿啊，你怎么死得这么早啊……"

再往前的水面上，停着一艘渔船，船头站着一个手持鱼叉的老头，他身后散坐着三四个年轻壮汉。

我相当好奇溺水的女孩怎么变成了男人，刚想上前看个清楚，却被人一把拉了过去，回头一看，是邻居家的王大伯。还没顾得上说话，现场便爆发了激烈的争斗。

只见那个悲伤过度的母亲突然停止哭泣，抄起地上的一块石头，起身怪叫着冲向那艘渔船。船上的老头并不惊慌，抬起鱼叉就要迎击。一旁围观的乡亲见状，立即拉住妇人，被束缚的她悲愤到了极点，拼出全身力气，将手中的石块掷出，绵软的石头落在渔船侧面的水中，激起一片不大的水花。

与此同时被激起的，还有围观者的愤慨。他们嘴里谩骂着"缺德”“没人性”，对着船上的数人指指点点，脚下也缓缓向前挪动，大有围殴之势。

船上的老头见情况不妙，连忙叫身后的小伙子起锚摇橹撤离，没想到这一举动彻底激怒了人群。不知谁喊了一句：“别让他们跑了！”这一声立即像引线一般迅速点燃现场的气氛，众人一窝蜂朝渔船涌去，有的拉缰绳，有的砸船身，有几个胆大、强壮的农民甚至跳上了船，伸手去夺老头手上的鱼叉，眼看着一场骚乱即将爆发，站在一旁的我完全被吓蒙了。

突然，一声尖锐的枪声划破长空。

所有人在枪响的那一刻都像中了孙悟空的法术被定住了，不约而同朝枪声传来的方向看去。我顺着众人的目光转过身来，瞬间被眼前的一幕震住了。

我看见两个身穿制服的警察英姿飒爽地从远处走来。带头的那位年纪稍大，表情严肃，目光如炬，步伐矫健，当然，对我来说最具冲击力的是，他的手上攥着一把乌黑的五四手枪，枪口朝天，依稀能看见微微青烟从中飘散出来。

“都站在原地别动！”

警察叔叔走到我跟前，瞟了一眼目瞪口呆的我。王大伯连忙将我拉远了一点。

“我看谁敢在这里闹事！都给老子把家伙放下！”

命令一出，有的人已经将手上的石头和棍棒扔在了地上，但仍有人不为所动，譬如船上的那些家伙。那个老头显然是见过些世面，见此情形用劲将鱼叉重新拽回自己手中，插入船板的缝隙。

“警察同志，你们来得正好，他们要打人。”

带头的警察将枪插入自己腰间的枪匣，拨开人群，朝那具尸体走了过去。在众人的注视下，他蹲在尸体旁边简单看了看，接着又抬头看了一眼泪流满面的死者父母，微微点了点头，招手让另一个年轻点的警察过来。

“立即打电话通知所里，汇报情况。”

“是。”年轻警察刚想拔腿离开，突然想起了什么，“这里……”

“没事，我能应付。”

待同事走后，中年警察才站起身子。他环顾四周，眼神里充满自信。

“谁来跟我说说到底发生了什么事情？”

“他是流氓！”一个声音从人群中传了出来，一时间，众人也纷纷表达自己的看法。

“缺德……”

“老不死！”

“赚黑心钱，真不要脸……”

……

“好啦好啦。你们一人一句我到底听谁的？”他看着那对痛失爱子的父母，“你们说。”

两位老人相互看了一眼，最终，死者的父亲站了出来。

“我儿子昨晚没回家，他平时经常晚上不回家，我们也没在意。早上我听邻居说水库淹死了人，想起他好像说过要来这里，就带了老伴儿过来看，没想到，没想到……”说着，他又禁不住抹了把眼泪。

警察走过去安慰地拍了拍死者父亲的肩膀，然后指着船上的老头，问："那你又是怎么回事？"

"我们没事。我们这就走。"

"不能让他们走！"

"就是！不准走！把钱吐出来！"

眼见老人要摇船撤离，大家的情绪又激动起来。

"先别走！"警察三两步跨到了岸边，跳上船。

"警察同志，你这是做什么？"

"在事情还没搞清楚之前，谁也不许走。"他指了指岸上的一位表情愤怒的年轻人，"你说，到底发生什么事情了？"

"他们抢了他们的钱。"

"谁抢了谁的钱？说话别含糊。"

"是，警察同志。船上的那一伙流氓抢了这对老夫妻的钱。"

"放屁！"船上的老头急了，"谁抢钱了？你眼睛长屁眼儿上了吧？"

"看见了吧，警察同志，这老头一股子流氓劲。"

"你……"

"好啦，别吵！"警察冲他们摆摆手，"既然你说他放屁，那你说说，到底有没有拿人钱？"

"有，可是，可是那不叫抢啊，那是他们自愿给我们的。"

"谁自愿的，警察同志，都是他们逼的。"死者的母亲开始说话了。

“怎么说话呢？谁逼你了？警察同志，你得给我们做主。”

警察不理他，看着那位母亲，问：“你继续说，他怎么逼你们了？”

“我们刚到这里的时候，看见我儿子的尸体在他的船上，我问他们要，他们居然说是卖的，硬问我们要三千块钱才给收尸，否则……”

“否则怎么样？”

“否则就又给扔水里去。这是作孽啊！”

“有这回事儿么？”警察问老头。

老头说：“是有这么一回事儿，可尸体是我们捞上来的，人力物力都耗上面了，凭什么给他们免费捞啊。”话音刚落，岸上又一阵骚动。

“钱收了吗？”

“收了。”

“你在什么地方捞的尸体？”

“啊？”老头一下没反应过来。

“我问你捞尸的地点，别给我打马虎眼。”

“水库里。”

“水库什么位置？”

“中央吧。”

“你们是干什么的？”

“我们，我们是附近打鱼的。”老头开始有些紧张了。

“打鱼？谁批准你们在这里打鱼的？水库明文禁止捕捞，跟我到派出所走一趟吧。”

“啊？警察同志，你别开玩笑了。”

“你看我样子像是开玩笑吗？另外，这人是怎么死的还不清楚，你作为第一个发现尸体的人，存在嫌疑，必须跟我回去录口供。”

“为什么？我没有杀人啊。”

“你有没有杀人不是你说了算。下船吧。”

警察说完就准备去拉老头的手臂，却被后者一把甩开了。

“我看谁动我一下试试！”

老头刚说完，船上的那帮壮汉就气势汹汹地围了过来，中年警察随即将手伸向了腰间的枪匣。

这时，四周响起警笛声，数名公安干警从车上冲了下来。

事情就这样草草结束了。

后来我就被王大伯拉回去了，但那位英勇、智慧且酷劲十足的中年警察给了我很大触动，正是他的出现让我对自己的人生有了新的规划。从那以后，我苦练身体，疯狂阅读侦探小说，并最终凭着坚定的信念考上了省内知名的政法大学刑侦专业。

大学毕业后，我回到家乡，如愿成为一名刑警。

机缘巧合。

刚进入这间派出所工作时，负责带我的正是当年那位在水库岸边凭一己之力镇住骚乱场面的刑警老陈。他全名叫陈中军，大家都叫他老陈，开始我以为大家是出于对他的尊敬才如此称呼，后来我了解到事实并不是我想象中的那样。

“老陈，看你的脸色，昨天打牌又输惨了吧？”

“老陈，眼睛怎么肿了，嫂子下手也太狠了点。”

“老陈，弄根烟抽抽……”

“老陈，精神不错啊，昨晚找姘头去了吧……”

开始老陈在我面前还会装出一副严肃的表情来应对这些调侃，后来这类事情多了，他也懒得再装，嬉皮笑脸逐渐成了常态。

“咳，就那么屌回事儿。抽烟抽烟。”他笑嘻嘻地给调侃他的同僚们逐一递上香烟。

这一点我很难接受。虽然不指望年近六十的陈中军还像当年那样英勇无比，但至少也得像个警察吧。这形象，跟警察这个庄严而圣洁的职业差得可有点远。

对此，老陈的回应是：“圣洁个屌，我马上就退休了，咳，就那么屌回事儿吧。”

“屌”字是从老陈嘴里最常听见的词汇，几乎每句都会带上，而且说得那叫一个自然。他拍着我的肩膀说：“小子，等你干久了这个屌行当，自然就明白了。”

我不明白的事情很多，譬如老陈这么大年纪了，为何还只是个刑警，那些队长所长们都要比他年轻；再譬如，身为刑警，老陈居然没有佩枪，可当年我是亲眼见他鸣枪示警的。

后来我在秦所长那里得到了答案。原来，老陈曾经在一次抓捕犯人的行动中，因擅自开枪而误伤了一个路人，导致对方下肢终生残疾。虽然后来通过私下协商赔钱了事，但所里决定没收他的枪械，永不升职。

“知道我为什么把你交给这样一个人吗？”秦所长喝了一口浓茶，缓缓问道。

“是想让我以此为戒，做一个光荣而正确的警察。”

“不完全是。老陈当年虽然行事过于冲动，但凭他的智慧和办案经验，仍不失为一名优秀的警察。这也是局里只给他处分，而没有将他除名的原因。”

“可他现在这样……”

“他可是个老狐狸啊。你还年轻，要学习的东西还很多。”

从所长办公室出来，老陈已经皮笑肉不笑地在等着我了。自那以后，他带着我走街串巷，从抓赌抓盗到扫黄扫毒，不一而足。他让我见识了各种层面上的人物，扒手、小姐、瘾君子、地头蛇，以及许多以前根本无法接触到的人群。我惊奇地发现，老陈非常善于跟三教九流打交道，这些人也很买他的面子，虽然也是叫“老陈”，但明显态度和派出所里的那帮人不一样。不过我对这些都没兴趣，一心想着什么时候能办桩大案。

很快，老陈到了行将退休的年龄，而我渴望“建功立业”的迫切心情也达到了顶点。这段时间，我一直在老陈的身影下前行，并没有独自完成过案件的侦查工作，这让我甚是苦恼。我就像一只刚学会捕食的小豹子，心急如焚地想在长辈面前表现一番，可无奈眼前并没有这样一只肥硕的小鹿闯入我的视线范围。

机会终于来了。

我们接到线报，有人在城郊的小河畔发现了一具男尸，经去过现场的法医同事鉴定，该男性是被人用凶器捅死的，也就是说这是一起凶杀案。

得知情况后，我向老陈提出想加入所里针对这起案件新成立的专案小组。老陈对此“无所屌谓”，只是说自己没兴趣。也对，他今年就要退休了，何必再折腾。

不管老陈的态度如何，我都将此次案件当作我个人的“毕业作品”。从启蒙到入行，我在心里早已将老陈看作职业生涯的第一个师父，既然如此，那就必须得有一份拿得出手的成绩获得他的认可才行。

为了能更好地工作，我购置了一台智能手机。对于新媒体的认识和掌握，我是自认为有得天独厚的优势，说到底，我是想创造一种个人独特的办案风格，那些故事书中的名侦探不都如此么？

当天晚上回到家，我对着镜子尝试了数百种造型，想弄出一副香港电视剧里的警察派头，最后，保持着双手插袋的样子躺在床上，满意睡去。

然而，第二天一进组，我就遭遇了尴尬。亲自担任专案组组长的秦所长派给我的第一个任务，就是和老陈一起开车将一名乞丐送到两百公里外的邻县。

“秦所长，这……”

“怎么？不愿意？可是你自己主动要入组的。”

“可是我……”

“走吧。”老陈笑嘻嘻地看着我。

我无话可说，只好硬着头皮从看守室里提出那个浑身肮脏的老头，押着他上了车。

“老陈，你不是说你不参加专案组吗？”

“我什么时候说过这种屌话？”

“昨天你还说没兴趣。”

“那是昨天，今天我又有兴趣了。”

“为什么？”

“关你屌事，开你的车。”

后来我听其他组员说，所谓“专案组”，就意味着上面会拨一笔专案费用，大家拿的钱会比平时工资多不少，大家猜测老陈是想多赚点钱。但我不这么看。我觉得老陈其实是打算在退休前通过破获这样一起重大的刑事案件，来找回一点作为警察的尊严。我比大家都了解他。

“这老爷爷不是重要证人么？为什么要把他弄到其他地方去？”

“重要个屌。老头，你觉得自己重要么？”

老陈用脚尖踢踢窝在座位上的老乞丐，口气略带轻蔑。

“不重要。我死了也没人关心。”

“听见没有，小简，需要我复述一遍吗？”

“不用了。”

说实在话，我倒是挺关心这个第一目击证人的。我仔细看过资料，根据这个黄姓老头的口供，当时尸体面朝下趴在小河边，周围并无大片明显的血迹，河水也清澈无比，可见该处很有可能并非被害人王猛遇害的第一现场。如果仅仅是抛尸现场，那么常年居住在那附近的黄老头，说不定会看到一些可疑的人。

“大爷，我问你，你当天发现尸体之前在做什么？”

“哎呀，你们不是问过很多遍了吗？烦不烦啊。”

“我怕有遗漏，请你再回答一遍。”

“好吧好吧，真是烦透了。那天早上我起得很早，吃了半个馒头，就把前一天捡到的垃圾运到废品站去卖，回来后，我就拿上蛇皮袋和钳子，又到树林里捡垃圾。后来我看见河里漂着一个矿泉水瓶，就死命追，追啊追，怎么也追不上，真是老了……”

“大爷，不好意思，请尽量说重点。”

“你别着急啊，我这不是正在说么。我就这样追啊追，结果被一个东西绊倒了，一看，是个死人。”

“你当时怎么一下就猜到那是个死人呢？也有可能是趴在那儿睡觉。”老陈插了一嘴。

“不用猜，我一眼就能看出来。”

“怎么看？”

“说出来你们可能不相信，我能闻到死人的气息。”

“胡扯吧。”

“真的。”老头停滞了一下，接着说，“我打过仗，杀过人。”

就在黄老头絮絮叨叨地诉说他那波澜壮阔的抗美援朝战争史时，汽车正好经过那片发生命案的小树林。一辆停在路边的绿色猎豹吉普车吸引了我的注意。

从汽车的旁边开过，我朝车里看了看，没人，便将车停在它前面几米处。然后用手机拍下了那辆车的外形和车牌：衡C-20087。

“怎么停车了？”老陈好奇地问。

“走，我们去案发现场看看。”

“不去，我们在执行任务，别瞎捣乱。”

“看看又没事，你不去就待在车里。大爷，走，下车。”

老陈见我心意已决，无可奈何地叹了口气，将黄老头带下车。

我们一行三人穿越树林，来到那条小河边。沿着小河，又走了一段路，才到达案发现场。

让我困惑的是，昨天的案发现场，经过有关部门人员的清理，已经看不出任何痕迹，给人一种毁尸灭迹的感觉。河水悠悠地从身旁流过，脚下的鹅卵石静悄悄地躺着，一切如旧，一切如新。

这当然是一个非常糟糕的结果，不过我还是做了些努力——我打算模拟一遍尸体的发现经过。我按照黄老头的描述，趴在地上假扮死尸，然后让黄老头把他撞见尸体时的动作重做一遍。我让老陈拿着智能手机把这一切录了下来。试了好几次，黄老头都找不到状态。

我说：“可能缺少一个道具。”

黄老头莫名其妙：“道具？”

我说：“如果这时有一个矿泉水瓶子从上游漂下来就好了。可是，这荒山野岭的，去哪儿找矿泉水瓶呢？”

老陈看着我，突然大笑起来。

“你真是屌侦探小说看多了。走吧，我们还得赶路。”

我的第一次罪案现场模拟就这样失败了。离开之前，我给老头以河流为背景拍了张照。

在返回的途中，黄老头央求我们带他回自己的棚屋看看，说是拿点东西。

令人遗憾的是，他搭建在树林当中的棚屋已经被推倒了。就在我们靠近那堆废墟的时候，突然从中蹿出一个人影，飞一般地朝公路的方向跑去。

我先是一惊，然后迅速地追了上去，一边喊着“站住”，可对方根本没有停下来的意思。我们就这样在树林中一跑一追，势均力敌，很快就接近了公路。眼看着那人跑到了车边，跳上车，发动汽车，我突然被一根树枝绊了一下，整个人腾空面朝下摔了下去。等我强忍着痛站起来时，吉普已经绕过警车，朝路的尽头逃窜而去。

捂着被划破的胳膊回到棚屋瓦砾堆，我看见黄老头疯狂地在废墟里扒弄寻找着什么，而老陈则笑嘻嘻地蹲在一旁抽烟。

“嘿嘿，就知道你抓不到。”

我不想搭理他，而是走到老头旁边，看他究竟在干什么。不一会儿，老头一怔，整个人呆住了，缓缓将手中挖到的东西举到了半空中。

“终于找到了！终于找到了！”

他颤抖着呢喃，一时间老泪纵横。我刚想仔细看看他拿的是什么玩意儿，却见老陈“唰”地一下冲过来，抢走了黄老头手中的圣物。

“看看，什么宝贝？”

“还给我！还给我！”

老陈将物体举起，对着树杈间泻下的光线，发现竟然是一枚军用勋章。这枚勋章由于沾染了泥土，在阳光下失去了昔日的光泽，就像一块破瓷片。

“给我！”

黄老头凶巴巴地将勋章抢过去，用衣角将它擦拭干净，然后小心翼翼地收进了上衣的口袋。

“走吧。你们爱把我弄哪儿就哪儿。”

接下来的一路大家颇为沉默。老陈将车窗摇下来，大口大口吸着香烟，风从车窗外灌进来吹乱了他有些发白的头发；后视镜中，黄老头把脸埋进膝盖之中，像是睡着了，只是偶尔伴随着车身微微晃动。

我则在思考之前那个逃离的身影。他是谁？为什么会出现在黄老头的棚屋处？他在找什么？为什么看到我们就跑？一连串的问题困扰着我，而手臂上的伤痛又时刻在提醒我自己正握着汽车方向盘。

对了，我记下了他汽车的车牌号，衡C-20087，车型是绿色的猎豹吉普车。我把信息告诉老陈，并让他给所里打了电话，让信息部门查询车主信息后，马上通知我们。

说不定这个人就是凶手！

想到这儿，我内心突然一阵兴奋，没想到这么快就能破获奇案，应该能创造所里的纪录了吧。

这么想着，我们一路开到邻县的地界，然后将黄老头放在了一个略微有些人烟的地方。天色已晚，我突然有些过意不去，便从钱包里掏出两百块钱，塞给老头。老头将钱收进衣服夹层，也不感激，转身就离开了。从他的背影可以看出，他一手插袋，一手紧紧捂着胸口，不知道是护着钱，还是护着那枚象征荣誉的旧勋章。

12 缺席的人

车牌的主人很快就查出来了，是一个叫古杰明的男人，今年四十五岁，身份是本地一家化工厂的老板，不过该车牌名下登记的是一辆黑色的奔驰轿车，与我看到的绿色猎豹吉普车不符，而且车主一年前曾报车牌被盗，后来进行了补办，这些信息车管所都有记录。

也就是说，这很可能是一个无效信息。即便如此，我还是觉得有必要去见一见这个人。前辈们教导我，线索是一步步跑出来的。

这家化工厂建于十年前，位于城北郊外，是本地非常知名的企业。至于化工厂究竟生产的是什么，资料上有写，但作为外行，很难看懂。我只知道，该企业解决了本地不少就业问题，譬如我小叔叔就是化工厂工人，每次见到亲戚朋友都一脸得意，想必收入还是不错的。

有次听我小叔叔谈起，他们的那位老板平时很少来厂里，一般都待在半山腰上的别墅里，深居简出，像个世外仙人。他每次出现都很神秘，来无影去无踪。

他还听厂里人议论，说是古老板至今未婚，无妻儿，只有一老母尚在家中，所以整个企业的文化均以“孝”为核心精神。

“谁在家对父母不孝，被他知道了一定得开除。”小叔叔说这话时瞅了瞅自己正在收拾餐桌的媳妇。多年前，婶婶曾生过一个儿子，不到半岁就夭折了，之后再也没有怀上过。

在得到古杰明今天会在厂里的确切信息后，我和他的秘书约了时间，然后驱车前往。老陈说他老婆牙疼，请假去医院了。

到了“杰明化工厂”的大门口，一个穿白衬衣的瘦高个已经在那里等我了。他示意人把电动铁门打开，然后钻上了我的副驾驶座，示意我开进去。

“我叫刘俊，是古总的秘书。”

“我叫简耀。”

“简警官您好，古总在办公室等您。往前开，对，再往左。”

一路进去，车轮激起了无数的灰白色尘末，飘扬在半空中，再加上今天的天气有些阴沉，阻碍了前方的视线。我缓缓朝前开着，心里琢磨着从这儿出去得先去趟洗车房。

绕过厂房，来到后方的办公楼，我将车停稳，拿上公文包和手机，跟刘俊走了进去。穿过一条走廊，总经理的办公室在最靠里的一个房间。刘俊敲门通报了一声，只听见里面传来一个浑浊的男声——“进”，他才转动把手，轻轻推开了门。

这是一间有一百来平方米的办公室，中间摆了一台超大功率的空气净化器，周围空空荡荡，没有书架，没有沙发，没有电视机，更没有象征屋主品位的盆景、茶具和古画；整个办公室呈六边形，屋内仅有的一张小型的原木色办公桌置放于最里端，与门正对的办公桌上摆放着一台超大显示器的电脑，一个闪闪发亮的光头在其后若隐若现。在他后方的墙上挂着一幅工整的横条书法：百善孝为先。

“古总……古总！”刘秘书小心翼翼地喊了几声，那个光头才从显示器的侧面探出，露出两粒花生米大小的眼睛。

“古总，嘿嘿，这位是简警官。”刘秘书一脸讨好的样子。

“哦，哦，你好，你好，请坐。我正在忙事情，不好意思，先等我一下。”说完，他又把头缩回了显示器后面。

我四下看了看，并没有看到一张可坐的椅子。

“简警官，您稍等，我去给您搬把椅子。”

刘俊说完就出去了，半分钟不到，就见他从外面搬进来一张没有靠背的四角板凳。

“来，您先坐。我去给您倒杯水。”

“哦，不用客气了。”

“要的，要的。”

“真的不麻烦了。”

“那就别麻烦了吧！”我一惊，发现古杰明已经将电脑挪到了一边，正一本正经地看着我，“去，小刘，你也去搬把凳子，坐这儿听听，学习学习，顺便把我们说的都记下来。”

“是，是，我这就去。”

“警察同志，我们先谈，别管他，坐啊。”

我一听只好坐下，因为没有靠背和扶手，我发现手脚怎么放都显得不自然。结合这空荡阴森的环境，再看看坐在老板椅上的古杰明，我突然有一种犯人受审的感觉。

“那个，钱警官，有什么想了解的，你尽管问，我保证把知道的全告诉你。”

“对不起，我姓简。简单的简。”

“噢，Sorry，你看我都忙糊涂了，简，对吧，简单的简，简·爱的简。”

我想尽快把事情办完，于是打开录音笔，问：“古先生，请问你上次报案说自己的车牌被盗，具体是在什么时候？”

“那都是一年前的事情了，我想想啊……哎，小刘，快，坐下来，对了，你刚问什么来着？”

我感到非常不快，但忍住了。

“车牌！车牌是在什么时候丢的？”

“车牌……大概是一年前吧。”

“几月几号？”

“不记得了，好像是……车管所难道没记录吗？”

“我还是想跟你核对一下。”

“抱歉，实在想不起来了。”

“那当时你的车停在什么位置？”

“呃……好像是别墅大院里。”

“好像？可以确定吗？”

“可以确定吧。”

我探直了身子，眼睛直视着他。

“你的意思是说，你把自己价值一百多万的奔驰车停在自家别墅的大院里，车牌却被小偷偷走了？”

“对啊，你有疑问吗？”

“假设一下，如果你是小偷，你会去干这样的蠢事吗？”

“你什么意思？有你这么假设的吗？”

“我只是觉得有点不可思议。”

话音刚落，古杰明突然起身，然后莫名其妙地怪笑起来。

“你笑什么？”我被这笑声搞得心里有些发毛。

“笑你啊。”

“为什么？”

“真是奇了怪了，我车牌被人盗了，然后又补办了，这都是车管所的事，你一个派出所的小警察跑来问我这么多问题，难道你不觉得好笑吗？”

“不好笑，我是在执行公务。”

“好了。我让你坐在这里就已经很给你面子了，上周我还跟你们秦所长在一起打麻将呢，有什么问题回去问他吧。”

我觉得访问已经没有必要进行下去了，便站了起来。

“那既然如此，抱歉，打扰了。”

“小刘，送客。”

“不用了。”

我关上录音笔，夹上公文包，走出了那个空旷的办公室。上车后，通过前窗，看见古杰明和刘俊正站在窗前往我这边看。我迅速发动汽车，掉转方向盘离去。路过厂房时，我用手机拍下了那幅尘埃漫天的末世画面。

回到所里，我跟秦所长简单汇报了一下工作情况，并且把我的一些疑问也说了出来，秦所长挥了挥手，说他知道了，还有事情要忙，让我还是把调查重点放在案件上。看来，那个古杰明已经给他打过电话了。

出了所长办公室，我相当窝火，但又有什么办法呢？我和所有的菜鸟警察一样开始怀疑自己当初的选择，却又很不甘心，我急需找个人谈谈，随便聊点什么都行，可当我环顾四周，发现在这个已经工作了将近一年的地方，竟然没有一个可以说得上话的朋友。

或许老陈算一个。

死者叫王猛，今年二十六岁，本地人，独子，父母健在，无妻儿，是一家生物医学研究所的研究人员。尸检报告显示，他脖子上有明显的勒痕，但只是表皮红肿，并没有伤及气管和颈骨，算是死者挣扎的结果，并非致命伤。

因此，他身上的刀伤才是关键。经过仔细查看，发现他身中七刀，基本集中在胸口，伤害遍及肺叶和心脏；从伤口的位置判断，刀是从死者的胸前部位插进去的；伤口窄且深，初步判断凶器为匕首，刀刀凶狠，可以想象凶手当时几乎使出了浑身力气。

“你有多高？”老陈看完尸检报告，突然问我。

“我？一米八二。”

“嗯，看身材的健壮程度也和死者差不多，这样，你站着别动。”他说完，就开始在办公桌上翻找起来。

“你要做什么？”

“待会儿你就知道了。站直点。”

我只好挺直胸膛，看着他。很快，他找到一把半米长的塑料尺，手握住尺子的一端，多余的部分朝下，在手上比画了几下，然后走到我的面前，抬手，作势要往我胸口扎。

“干吗？”虽然嘴上这样问，但我心里大致明白他的意图了。

“你看啊，假设你是死者，我是凶手，现在我要拿匕首杀你，捅、扎、刺、劈这四种用刀方式，你觉得我应该采用哪一种比较好一些？”

“匕首的话，当然是捅最能使上力了。”

“没错。可是，以你的身高，我要捅到你的胸口，除非我是个两米多高的巨人。”

“你的意思是？”

“你看报告上的这一条——‘伤口略微向下’，也就是说，是这样……”他将尺子举过头顶，狠狠地朝我的胸口扎了下来。当尺头快要触碰到我的身体时，他收住了。

“嗯，你是说，凶手要比死者矮得多。”我踮起脚尖便能看到老陈的头顶。

“至少不高吧。”

“还有什么发现吗？”

“还有就是凶手有两个人。”

“这个好理解，一个在被害人身后用绳子勒住他的脖子，一个在他身前使刀。”

“对啦。而且在他身后那个未必矮，并且一定是个孔武有力的壮汉。”

“有没有可能是熟人作案？”

“这得靠我们去跑啦。走吧。”

“去哪儿？”

“王猛的工作单位。”

半小时后，我们到达了“鹤舞生物医学研究所”。在路上，我们查看了一些资料，这是一家由政府与当地企业家共同出资建立的专业型医学研究所，主要从事生物遗传基因方面的研究和应用。据报告显示，近年来，他们最大的成就在于研究发现了降低畸形儿出生概率的有效方法，号称“震惊国内外医学界”。由于专业词汇太多，我简单翻了翻，便将资料扔在了一旁。

在研究所里，所长朱丹热情地接待了我们，并且给我们讲了讲他对王猛的印象。照他的说法，王猛“这人有点怪”。

“他这人不怎么合群。”

“怎么说？”

“他呀，平时不爱说话，和同事很少来往，也基本不参加所里的活动。有一次，所里组织大家去三亚玩，所有人都去了，就他不去。”

“哦，原因是什么？”

“说是感冒了，下不了水。一听就知道是借口，下不了水可以不下啊，对不？明显就是不想去。”

“那也情有可原。”

“呃……是！我们也没逼他。就不说这事儿吧，他这人还老跟人吵架。”

“老跟人吵？”

“对，有一次，也不知道什么原因，他把其他科室的小白给打了。要不是后来我从中协调，人家还要告他呢，最后赔了两千块钱才了事。”

“不知道什么原因？”

“不知道，他俩都不说，不过王猛也知道自己没理，否则赔钱的时候他怎么会那么爽快。”

“还有其他的吗？”

“有。他这人可能这里有点问题。”朱所长用手指了指自己的太阳穴。

“哦？”

“我常看见他在办公室自己跟自己下象棋。”

“哈，这很正常，我也这么干过。”

“可你下的时候会自己跟自己说话吗？就像两个人那样。”

“那倒不会。被你这么一说，确实有点奇怪。”

“不单你觉得奇怪，所里面的人都觉得奇怪。”

“这么多问题，那你为什么不把他开除掉？”

“他毕竟是个高科技人才。不知道你们有没有听说过我们所里获奖的那个项目？就是有关降低畸形儿出生概率的有效方法……”

“嗯，刚在来的路上看了点资料。”

“那就是他和另一个研究员搞的。这样的人才，你说所里能放走吗？”

“那，你对他被杀这个事情怎么看？”

“这个我就不知道了。按说他一科研人员，又没钱没权的，谁会害他？想不明白。”

“好啦，理解了。”我和老陈对望了一下，“你们所里加上你一共有多少人？”

“各科室的人员加上食堂师傅和保洁阿姨，一共是二十一个。”

“麻烦你把这些人的资料给我们一份。”

“好的。还有什么能帮助你们的吗？”

“有。我想见见你刚才说跟王猛打架的……小白？”

出乎我们意料的是，小白是个女人。年纪不大，小个子，瘦弱，白皙，戴副度数很深的金丝眼镜，说话细声细气，像个信心不足的中学教师。

“不好意思，打扰你了，白小姐。”

“就叫我小白好了。”

“我们来了解一些情况。你应该知道王猛的事情了吧？”

“知道了。”

“我听你们朱所长说，在此之前，你曾经和他有过争执，并且动了手？”

“嗯。是的。”

“能给我们具体说说吗？”

“其实，也没什么好说的。”

“对不起，我们是来调查案件的，你最好如实说。”

“当时……是我先动的手。”

“你先动手？”我和老陈面面相觑。

“警察同志，你能保证我说的话不被传出去吗？”

“放心。我们会保护他人隐私。”

“我还是从头说起吧。我是两年前进的研究所，很快，就喜欢上了王猛。”她用手将眼镜架往上推了推，头却低得更深了，“两年来，我一直暗恋着他，始终不敢向他表白，而且也不知道他对我究竟是什么态度。后来，也就是两个月前的一天晚上，我加班到很晚，下班的时候路过他的办公室，看见门半掩着，里面有灯，就推门进去了。

“他当时正坐在办公桌前认真看电脑，见我进来他有些慌张，连忙将电脑显示器关掉了，还责备我为什么不敲门。我也不知道说什么。他见我不说话，就拿杯子给我倒了杯水。当他把水递给我的时候，可能我心里太过紧张，害怕碰到他的手，一下子没握稳杯子，水晃出来烫了一下他的手背。他倒是没太大反应，而我却觉得自己犯了大错，手忙脚乱地拿纸巾帮他擦。”

“白小姐，请你表述得尽量简洁一点，我们不是来听你讲爱情故事的。”

“好的，抱歉，一回想起那晚的情景，我就有很多话要说。”

“让人说嘛，我挺爱听的。后来呢？”老陈说道。

“后来，我不知道自己哪儿来的勇气，一下子就抱住了他。死死地抱住。我想，即便他将我推开也不松手。让我意外的是，他并没有那么做，而是任由我的耳朵紧贴他的胸口，聆听他强劲有力的心跳。”

"说下去。"

"再后来……我们就在办公桌上发生了关系。"

"后来你们在一起了？"

"没有。事实上从那晚之后，我们俩就形同陌路。我知道他并不喜欢我，那晚也只是一时冲动，于是我也打算死心了，可毕竟爱了他两年，不是那么容易说放就放，更何况还在一个单位工作，每天抬头不见低头见。总之，过了一段异常艰难的日子。

"后来有一天，我实在忍不住了，就又去找他，结果他对我非常冷淡。我一生气就打了他，想惹恼他，但他也不还手，对我更加不理不睬。我说你再不理我就叫了，他还是不说话。于是我就大叫起来，把同事都引来了。我谎称是为了工作上的问题吵架，要他对我赔偿，否则我就去法院告他。

"由于他平时的人缘比较差，大家都站在了我这边，一致谴责他。他也不为自己辩护，赔偿了我两千块。从那以后，我知道我和他缘尽了，再也没有找过他。"

"关于他的被杀，你有想说的吗？"

"很震惊，很难过，哭了一下午。"

那天剩余的时间，我们分别找了研究所其他的工作人员谈话，大家对他的看法基本上比较一致：孤僻、清高，但工作投入认真。众人认为，这样一个同事，谈不上喜欢，也谈不上讨厌，因为与他只是工作上的接触，而没有生活上的交集。对于他的死亡，大家更多表示的是惋惜，而非伤感。至于他的精神状况，倒仅仅只有朱所长提出过质疑。

唯有一个叫李元的研究员因病告假在家，没来上班，所以我们没接触到。

面谈过所有人之后，已经接近下班时间。在朱所长的陪同下，我们来到了王猛生前的办公室，想在离开之前看看还能有什么发现。

门打开后，里面井然有序的房间面貌让我们不由赞叹。朱所长告诉我们，这个办公室暂时还未易主，所以房内保持着王猛工作时的状况。房间内似乎被打扫过，干净、整洁，办公桌上用手指一抹，一尘未染；书架上的书也摆放得整整齐齐，随便抽出翻翻，发现几乎每本书的扉页上都有用签字水笔书写的年月日、签名，以及购书地点。在一本名为“疯狂的意义”的哲学书中，他还在这样一句话下重重画上了粗线：

以生命为真理作证！

“现在想想，王猛这人还是干出了不少成绩的，唉，真是天妒英才啊，可惜，可惜啊。”朱所长可能是睹物思人，突然发出了这种感慨，一改他之前的态度。

“他的电脑呢？”老陈突然问。

“什么电脑？”

“死者平时工作用的电脑。”经老陈这么一问，我也想起之前小白提到的那晚王猛看电脑的情节。

“哦，电脑啊，因为他不在了，所里有规定不能资源浪费，就给别人用了。”

“给谁用了？”

“李元。”朱所长又补充了一句，“就是那个今天请假缺席的人。”

“他没电脑吗？”

“有的，但正好坏了。”

“他办公室在哪儿？领我去看看。小简，你在这儿继续查看。记住，要仔细。”

“明白！”

等朱所长和老陈离开后，我绕到办公桌的后面，蹲下身去查看桌下的抽屉。

锁被撬过！

我拉开抽屉，里面空荡荡没有任何文件，只有一个圆形的金属茶叶罐。拿起茶叶罐，感觉很沉，我急忙把它放在桌上，旋开罐盖，把里面的东西倒出来，是一副袖珍木质象棋和一张手绘的棋盘。

我想起朱所长的话，“他总是自己跟自己下棋，还自言自语”。我将象棋重新装回茶叶罐。这时朱所长和老陈回来了。

“怎么样？”我问。

“什么屌都没有。硬盘被格式化了。”老陈若有所思。

“所长，我想把这个带回去。”我摇了摇茶叶罐，里面的象棋“哐啷”作响。

“这是什么？”

“象棋。”

“尽管拿去。只要能早日抓到凶手，需要什么你们只管说。”

“我需要这个李元家的地址。”老陈说。

"没问题。你们看，天色不早了，不如咱们找家饭店吃个便饭？我请客。"

"不用了。我们还有事要办。"

走到研究所门口，老陈似乎想起了什么，走进传达室。传达室的大爷正在打瞌睡。我这才意识到差点漏了一个人——二十一个编制之外的小人物，刚才我们来的时候，传达室正好没人，可能他刚巧出去了。

老陈用力敲了敲桌子。大爷猛然惊醒。

"不好意思，打扰了。"老陈突然变得很客气。见什么人说什么话是老陈的特长。

"哟，二位警官，找人吗？"

"找过了。您刚才不在？"

"去厕所了。有事吗？"

"大爷，是这样，"老陈抽出一根烟递过去，"我们在调查王猛被杀的案子，这事儿您应该听说了吧？"

"能不知道吗？这么大的事儿。"大爷把烟接过来，夹在耳朵后面。

"我们需要您的帮忙。请您仔细回忆一下，王猛被杀那天，也就是前天，有没有人来找过他？"

"被你这样一说，我想起来了，还真有！"

"是吗？"老陈显得很兴奋，"那您还记得那人长什么样吗？"

"记得，胖胖的一姑娘，说是王猛的同学。当时她还把电瓶车的电池插在那儿充电呢。"大爷指着墙角的一个插线板说。

"她有说叫什么吗？"

"这我就不知道了。"

"好，谢谢您。"

在回去的路上，我和老陈就今天的调查交换了意见。

"我认为基本上可以排除所里这些人的犯罪嫌疑。"

"你真这样认为？"老陈笑眯眯地看着我，"就没觉得有什么屌地方不对劲？"

"有倒是有，比如那个朱所长，似乎对王猛意见很大，但就我看，他不是凶手。"

"说说看你的理由。"

"第一，杀人动机不明确，至少根据目前得到的资料还看不出来；第二，此人面对我们的询问很镇定，完了还要请我们吃饭喝酒，试问这样的人怎么可能是杀人犯？"

"有点道理。那小白姑娘呢？"

"她就更不可能了。她那么柔弱，看上去一把能捏碎的样子。杀人？杀鸡都没那个胆量。"

"可是你看她说话的样子，极为冷静、克制，这哪儿像爱了人两年的女人啊，起码也得落两滴浓情的泪水才是。再说了，她和王猛那些所谓的故事没有第三个人知道，想怎么编都可以，对不？柔弱就更不能当真了，往往凶手就是那个看上去最没攻击力、最柔弱的，侦探小说都这么写。"

"这是真实案件，不是侦探小说。"

“当然，我只是提醒你凡事不要只看表面，特别是女人，她们深着哩。你屌人没谈过恋爱吧？”

“废话，当然谈过，我在大学……”

“咳，快别说了，还大学呢，可怜的孩子。”

我们一路聊，一路损，警车往市区方向开去。天色已经暗淡，夕阳与明月同时出现在了灰色天空的两端，形成奇观。但是，我们的目的地并非派出所。今天的工作仍未结束，还有一个人我们得去拜访。

一个缺席的人。

13 宿命

李元的家在县中心的一个新建小区内。该小区名为“紫金豪庭”，是由国内一家大型房地产公司设计开发的。开盘的时候，销售价格是本地楼房均价的三倍多，广告打出买房送车的噱头，一时间也是百姓交口热议的话题。房子也确如其名。豪华装修，全套家电，刷卡出入，五星服务……光物业费就能让人望而兴叹。

我们驱车来到小区门口，站岗的保安穿着笔挺的白衬衣，手持黑色对讲机，上前示意我们摇下车窗，态度良好地询问我们要拜访的楼号和业主名称。一向盘问惯了别人的老陈哪儿受得了这套，手伸出窗外，用力拍了拍白色车身上印着的“警察”字样，算是回答。

“对不起，我们有规定……”

“什么屌规定啊，警察办案，快给老子开门！”年轻的保安话还没说完，就被老陈顶了回去。

小伙子见状，赶紧闪到一边，冲对讲机说了点什么。过了一会儿，从传达室又跑出了一个保安，径直来到我们车前。

“耽误二位了，抱歉，我这就给你们开门。”

“快开吧。别废话了。”

只见后来的这位把手一挥，漆金的铁门就缓缓朝左右两边打开了。我将车窗关上，加大油门，冲了进去。

“现在的年轻人真不懂事。”老陈得意地说道。

透过后视镜，我看见那个“不懂事”的小保安正站得笔直，在接受后来的保安的严厉训斥。

小区是人车分流的。我将车开进地下车库，找到之前朱所长给的楼号，停好车。我们这次来并没有事先通知李元，因此当我们站在可视电话前说明来意后，那头的李元沉默了近十秒钟。就在我们快等得不耐烦的时候，只听见“滴”的一声，门开了，我们立即闪身进去。

楼里到处都是摄像头，楼道里有，楼梯口有，电梯里也有。电梯装饰得非常浮夸，贴金嵌珠，脚下是大理石，头顶是水晶射灯，与门相对的一侧是一面被擦拭得能看得见魂魄的干净镜子。不知是身处摄像头下还是头一次出入这么豪华的住宅，我有些紧张，表情严肃，紧闭双唇，时刻保持一个人民警察的庄重形象。

老陈却不管那么多。他正咧着嘴，紧贴着镜子查看牙齿缝隙里的残渣。我看看他，再用余光扫一眼后方的摄像头，更加羞愧不安，仿佛我俩正站在万人体育馆的舞台上。

“叮咚！叮咚！叮咚！”

三声门铃过后，厚重的防盗门打开了。一个五十岁上下的矮个男人从门后探出头来，表情漠然地看着我们。

“您好，我们是派出所的，请问是李元吗？”

“是我。”他说话带有沉闷的鼻音，面容略显憔悴。

“是这样，我们想向你了解一下有关王猛的事情……呃，方便让我们进去谈吗？”

“能让我看看你们的警官证吗？”

我感觉到了他的不友善，眼看老陈又要发作，为了免生事端影响工作，我将警官证拿出来，在他眼前亮了一下。老陈却不搭理这茬儿。

“这位老同志的证件呢？”

“嘿，你还有完没完，信不信我带你回所里问话？”老陈火了。

“那……请进。”李元脸上露出难看的笑容，让我们进了屋。在玄关处，他给我们一人拿了一双蓝色的一次性塑料鞋套。我们费劲地套在了皮鞋上。

屋内的装修果然如外界传闻的那样豪华，将近一百平方米的大厅分为客厅与餐厅两个功能厅，用一块大型的木质屏风隔开；一米见方的大理石地板，欧式古典的浮雕吊顶，黑色的真皮沙发环绕一圈，正前方的墙上挂有一台五十寸大小的液晶电视，旁边是整套家庭影院……

“请坐，喝茶还是饮料？”李元说话间已经进到厨房。

“不麻烦了，我们问几个问题就走。”

李元再次出来时，手里已经拿了两罐可乐：“来，大夏天的，来点冰可乐消消暑。”

“听你声音似乎感冒了？”我接过可乐，顺手就放在了面前的茶几上。老陈则“啪”的一拉拉环，仰脖便喝。

“是啊，这不，请假在家养病么？”李元说着，还象征性地咳了两下。

“哇，爽，你一个人住这么大一房子吗？”老陈问的同时，又喝了一口可乐，眼睛却盯着李元。

“我老婆带孩子回娘家过暑假去了。”

“哦……听说这房子巨贵，你多少钱一平方米买的？”

“咱们还是问点跟案情有关的事情吧。”

“当然，当然。”老陈不再说话，只是四处打量屋子，嘴里不时发出“啧啧”的声响，“真不错，要是我能有这样一套房子，我老婆还不得疯了去。”

“咱们聊咱们的，别管他。”

我像往常一样拿出录音笔，调到录音状态，开始询问。

“你在单位和王猛关系怎么样？”

“一般吧。”

“哦？可据我了解，你和他属于一个研究小组，你们俩共同的研究成果还得过奖。”

“那只是很普通的工作关系，顶多算是好拍档，但要说朋友还算不上。”

我和老陈对了下眼神。

“呃……那你觉得他这个人怎么样？”

“人死了不好随意评价，实在要说，就感觉他这人偏执了一点，其他倒没什么。”

“能说得更具体一点吗？怎么个偏执法？”

“就是认死理，做事不晓得变通。只要他认为是对的事情，就一定会坚持到底，抗争到底，哪怕得罪人也在所不惜。”

“他得罪过你吗？”老陈伫立在客厅一角，盯着墙上的一幅油画，嘴里突然冒出这么一句。

“那倒没有。”

“哦。”老陈不再吭声，继续像个行家一样欣赏着那幅画。

“其实吧，话又说回来，像我们这些做科研工作的，不偏执还真做不出成绩来，王猛特别像我年轻的时候，有冲劲，敢想，敢做，而且还满怀理想。”

“看来你还是挺欣赏他的。”

“可以这么说，我欣赏他的工作热情和态度，但不喜欢他的愤世嫉俗。”

“他很愤青？”

“比较偏激吧。他爱上网，常常为了些自认为不正义的事情暴跳如雷，因为跟他接触得多，我知道他还喜欢化名上网写文章抨击社会不公。唉，这哪儿是你一个科学家该干的事，你做你的研究不就完了？”

“这倒是一个比较新鲜的信息。那你觉得这可能会是他招致杀身之祸的原因吗？”

“不好说，但不排除这种可能。”

“好的。谢谢你给我们提供了非常宝贵的信息，打扰你休息了。”

“希望能帮到你们。我也想早点抓到凶手，到底什么原因要杀害一个年轻科学家，太残忍了。”

“一定会的。呃，我能给你拍张照吗？”我晃了晃手上的手机。

“这个不好意思，我这人不喜欢拍照，实在抱歉。”

“那就不勉强了。老陈呢？”我站起身，一回头，发现老陈不见了。

“这儿呢，这儿呢。”只听见一声冲马桶的声音，老陈提着裤子，边系腰带，边从里面出来，“不好意思，借用了一下你家的厕所。真不错，比我们家厨房都干净。”

李元尴尬地笑了笑。我觉得脸上有点挂不住，拉上老陈，匆匆向李元道了别。

下了电梯，上了车，我实在憋不住，冲老陈抱怨了几句。

“我们是警察！老陈！”

“废话，你个小鸡巴入行才几年，就敢跟我谈警察，快开你的屌车吧。”

我只好发动车辆，往大门开去。快到出口的时候，老远就看见刚才那两个保安将门打开，毕恭毕敬地站在路旁，脸带微笑朝我们挥手致意。我心情不好，没搭理他们，直接加速冲出了这个富人的地盘。

“你对李元怎么看？”回去的路上，老陈突然发问。

“什么怎么看？”

“作案嫌疑。”

“他？不大可能吧，他好像还挺欣赏王猛的，何况两人只是工作关系。”

“你破案难道就只听别人的一面之词吗，小伙子？”

“别挖苦我。我会观察人，大学里学过犯罪心理学，一个人怎么样、诚不诚实、有没有说谎，我通常都能从他的表情和肢体动作判断出来。”

“你是在搞笑吗？还犯罪心理学呢，那你给看看，我是个什么样的人？”

“你嘛……”

“别，你还真能看呢，怎么不去摆个摊儿给人看相卜卦，那玩意儿来钱更快一些。”

“我倒想听听你的高见。”

“真的想听？好，我问你，你一个月工资多少钱？”

“问这干吗？”

“说啊。”

“加上奖金，三千多块吧。”

“你觉得一个搞科研的月薪比你如何？”

“应该高吧，但也高不了多少，五六千？在这个小县城已经到顶了。”

“紫金豪庭开盘价一万二，我估计了一下，李元住的那屋子大概在两百平左右，也就是说光这套房子的价格就在两百多万，你觉得如何？”

“你的意思是说……他妻子有钱？”

“屁话。他老婆是个幼儿园教师。”

“你怎么知道？”

“他老婆和我同姓陈，我儿子在她手里带过。刚才一进屋，我就在墙上看到她的照片。还有……”

“什么？”

“他的身高比较矮。你想起我们之前的推断了吗？”

“嗯。可是他的动机是什么呢？”

“去查啊，傻屌！另外，别忘了，还有那个当天去找过他的同学。一定要把她挖出来。”

根据资料，我很快就查出来，王猛的同学叫周冰，女性，胖，与门房大爷描述得差不离。她就在本市，而且嫁给了王猛曾经的老师齐天。我打算在见周冰之前，先见齐天一面。

就我调查，平时和王猛来往的人很少，其中较为频繁的是他中学时代的语文老师齐天。据了解，他基本上逢年过节都会去齐天家拜会，隔三岔五也会去串门，可见两人关系不一般。

学校我是一个人去的，老陈又请假了。最近他老是请假。

到了学校，经过教学楼之间的辗转，见到了要寻访的对象。齐天中年，身材微微发福，分头，白衬衣，黑西裤，皮鞋，气质干净且略有一点颓丧，不出意料是典型的知识分子形象。不知怎么，我觉得这样的人会比之前那位朱所长更难对付。

这次问话，我了解到的都是些资料上能查到的信息，基本上用处不大。齐天本人表现十分妥帖，该惋惜的时候惋惜，该愤慨的时候愤慨，滴水不漏，完美得让我感觉他在演戏。

临走前，我提出想见一见他的爱人周冰。

“王猛死的那天，据说见过周冰一面。这事你知道吗？”

“这我倒没听她说过。”通过对齐天的表情观察，他确实没有撒谎。

“那行。我们今天就到这儿吧。”

从学校出来，我开车去了一趟电信局，调出了王猛出事那天手机的通话记录。记录显示，王猛当天晚上曾接到过一个陌生电话，通话时间大约有半分钟。不过这个手机号码现在已经销号了，因为没有登记，查不到任何信息。而在此之前，大约晚上九点二十分的时候，他曾拨打过一个本市的固定电话，没有接通。固定电话来自公交总站。

拐过两条街，上了世纪大道，很快便来到公交总站。我找到负责人，说明来意，然后把电话号码告诉他，他把我带到了供公交车司机休息的大屋子，将桌上那台电话机指给我看。

“喏，就是这部电话。”

“平时这个电话都是谁在用？”

“这啊，说不准，基本上这里所有的司机都用这个打电话，属于公用。”

“那本月七号晚上，谁值最后一班？”

“你等会儿，我查查看。”他取下挂在墙上的值日本，翻开，“每个值班的司机都会在这上面签名。七号……对了，是周冰。”

“周冰？”

“对啊。”

“你确定？”

“错不了。瞧，这上面都有她的签名。”

我拿过值日册一看，果然，上面签有“周冰”的名字，而且显示最后离开的时候是晚上十点。“她现在在吗？”

“今天她上晚班。”

事情发展到这里，我觉得可以下一些判断了：王猛的死极有可能跟这个周冰有关。当天，周冰曾去找过他。而到了晚上，他还给周冰打了电话。随后他就被杀了。这里面显然有无法忽略的联系，没准儿和齐天也有关。我兴奋地给老陈打了个电话，报告我的推理。

“我的推测是这样：周冰与王猛在学生时代是恋爱对象，早恋，被班主任齐天发现后给适时终止了。成年后，周冰阴差阳错嫁给了齐天，但随着王猛经常光顾齐天家，旧情死灰复燃，俩人开始偷情，不巧又被齐天发现了。齐天逼着二人断绝关系，那天晚上，三人进行最后的摊牌，过程中发生了争执，齐天一不小心错手杀死了王猛，周冰最终做出艰难的选择帮齐天一起移尸小河边，于是一起惊天惨案就此发生了。”

“这就是你的屌推论？”

“是啊。”

“你见过周冰了吗？”

“还没有。”

“去你妈逼的，耽误老子时间。赶紧去见一下周冰！傻屌！”

我有些郁闷地回了家。由于未婚，也无力购买房产，至今我仍跟母亲住在一起。房子是九十年代的拆迁房，两居室，母亲一间，我一间。父亲在我读大学的时候去世了。

进了屋，我跟正坐在沙发上观看一档寻亲节目的母亲打了招呼，便进了自己的房间，将门反锁。我打开音响，里面飘出一首欧美流行音乐。我脱掉鞋，躺在床上，开始梳理思路——这是我习惯的思考环境：发声的音响（随便是什么，只要不是催眠曲），松软的床，无人打扰的空间。

确实，之前对老陈说的那一套，连我自己都不相信，因为漏洞太多。现在可以确定的是，王猛是被人当胸捅了七刀失血而死的，不存在过失杀人一说，而且就目前来看，与他有瓜葛的人太多，不能单单凭一个电话和一个未知来电就把嫌疑人锁定为周冰和齐天，再说了，他们的杀人动机是什么？这些现在还都是谜团，需要去解开。按照老陈说的，那个李元显然也有重大嫌疑。他的动机又是什么？只要找到杀人动机，这个案子就有希望破解。当然，我真正兴奋的事情并非是发现了新的线索，而是作为一个警察，第一次有了进入案件内部的切身感受，换句话说，我直到今天才有了当警察的感觉。

第二天，我决定去会会周冰。然而很遗憾，她不在家。我转道去了王猛家，拜会一下死者家属。

王猛家在南城，属于老城区，离我的住处比较远，我也没有什么朋友住那块儿，基本很少去。而老陈继续请假，我只好靠自己摸索路线了。

车驶进一片破旧的平房区，道路逐渐逼仄起来，分叉口也愈发增多。我只好将车停在路边，决定靠两条腿来走通这座灰色的迷宫。

经过沿途询问，我终于找到了王猛的家。一个家庭发生这么大的惨案，没有人不知道。上过香后，我将王母叫到一边，说明了我的身份和来意。

“你好。”王母有气无力地说道。

“阿姨，对于王猛的死，我们警方也感到痛心。”

“那就早点抓到凶手，为我儿子报仇。”

“放心，我们一定会将凶手绳之以法，还你们二老一个公道。”

“不要公道，要偿命……”

“王猛有什么仇人么？”

“他那么老实一个人，怎么会有仇人。”

“那最近有什么可疑的人到家里来过没有？”

“没有。警察同志，你一定要抓到凶手，报仇，我们要报仇……”

我见问不出什么东西，王母的情绪又不太稳定，只好跟她道别，迅速退了出来。整个过程，王猛的父亲一直坐在一旁，低着头，就像一尊发硬的泥像。

在王家门口，一个身材硕大的女人引起了我的注意。她脚步很快，心事重重的样子，从我身边走过，却并没有看我一眼，直接进了王家。

我经过短暂的记忆搜索，确定这个人就是周冰。没错，我在资料上见过她的照片，圆脸，肥胖，黑框近视眼镜，没有比这更明显的外貌特征了。

我在门口等了一会儿，见周冰从王家出来，便跟了上去。跟了几十米，觉得不妥，决定还是先叫住她，便加快脚步，从背后拍了一下她的肩膀。从她的激烈反应看，这一举动吓着她了。

向她表明身份和来意后，出乎我的意料，她显得很不配合。

“对不起，我没有什么好跟你说的。”

作为一个警察，这样的情况我倒是第一次遇上。或许她之前受到了什么惊吓？还是有意要和我保持距离？

望着她仓皇远去的身影，我突然有一种似曾相识的感觉。紧接着，我脑子里闪过一个画面：十年前，那个站在水库岸边向我呼救的胖女孩，她的脸，她的神态，莫非她就是……

我开始有点相信宿命这回事了。

14 跟踪

没有征得上级领导的许可，我对周冰实施了跟踪。

大学时曾经学过一些跟踪的技巧，老实说，我掌握得不赖，但用到实践中，这还是头一次。

不到六点我便起床，洗漱完毕，出门，前往周冰的家。为了不打草惊蛇，我换上便衣，踏上轻便的运动鞋，戴了一个能够遮住面部的鸭舌帽，没开车。

找到她所住的楼，我在附近不到五十米处的绿化休闲区域找了个隐蔽点坐下，仔细观察着楼下进出口的动静。

盛夏的早晨空气特别新鲜，晨练的人也很多，在我身边，不时有挥汗如雨的跑步者经过。他们偶尔看看我，但很快就转移了视线。这样的好天气，专心致志地锻炼身体才是正经事儿。

我看了看手表，才七点不到，觉得自己这身打扮坐在这里实在有些不妥，便起身拍了拍屁股上的灰，朝小区门口走去。这个小区就一个大门，我只要守住门口就能掌握周冰的动向。

我在小区对面的茶馆临窗位一坐就是一整天。一直到下午，都没有见到周冰从里面走出来。不仅如此，连齐天也没有出来。我不禁有些泄气。

到了傍晚，我彻底失去了耐心，决定今天到此为止。在回家路上，我突然看见了齐天，只见他上了一辆出租车。我急忙也拦下一辆出租车，让司机紧跟其后。

“你是私家侦探吧？”出租车司机笑嘻嘻地问我。

“警察！”我生硬地回答，眼睛直盯着前面的车。司机讨了没趣，闭上嘴，老老实实地握着方向盘。

汽车最终到达了目的地——“好嗓子”KTV。齐天下车走进旁边的一家便利店。我只好先等在一旁。就在这时，我看见一个胖胖的身影从KTV里出来，迅速上了一辆出租车离开了。是周冰吗？由于光线有些昏暗，我看得不是太清楚，但从身形看很像。这就奇怪了，我一整天都没看见她出门，怎么她会突然出现在这里？难道她昨天一夜未归？正想着，齐天从便利店里出来了，点燃一根香烟，然后走进了KTV。我连忙跟上去，一路紧随，直到他走进了一个包间。从门上半截的透明玻璃看进去，里面坐满了男男女女。

为了不引起注意，我坐在外面大厅点了一杯饮料。大厅是个轻音乐吧，安静的环境与舒服的靠椅适合聊天叙旧。酒吧中心有一个很小的舞台，一位相貌平庸、声音沙哑的女歌手正吟唱着一首抒情慢板。

“来杯啤酒。”我对满脸笑容的服务生说道。

过了大约四十分钟，齐天终于在一帮男女的簇拥下出来了。我尾随他们来到酒吧门外。众人相互寒暄，一一道别。很快我便看出他们都是齐天的学生。

一辆空出租车驶过来，齐天开门上车。

我也拦了辆车，继续跟踪。

让我感到意外的是，前面的出租车并没有朝齐天家所在的方向驶去。它经过县图书馆、广播电视中心、通讯大厦，最终停在了一片低矮的平房前。透过夜色，我仔细辨认了一番，才意识到自己跟他来到了前几天刚来过的中学旁边。

我跟着齐天走入一条悠长的小巷。在如此通敞且无处藏身的地方，多亏了巷中过于黑暗，我才能不被发现。我紧紧盯住前面那个模糊的黑影，同时又要注意脚下的路况，感到疲惫而紧张。

后来，我跟丢了。

在巷子里拐了几个弯后，目标从我的视野中消失了。懊丧之余，我突然发现自己已经找不到折返的路。站在原地，我试图将五官的功能调到最大值，但很可惜，前后无人，左右无声，脚下的石板路生硬无比，头顶望不见一颗星星。

我开始在黑暗中摸索起来，前前后后，就像一个迷路的孩子，充满希望又毫无希望。半小时后，疲惫、饥饿、无力的感觉充盈着我整个身体，步伐也逐渐拖沓起来。我摸出手机，试图通过移动网络开启GPS导航功能。但这里一点通讯信号都没有。

又走了一会儿，我听到了一阵缥缈而迷惘的歌声。一个女人的歌声。这歌声高远、空灵、充满仪式感。循着这歌声而去，我发现了光亮。我就像一个牵线木偶，终于走出了这座迷宫。站在路边橘黄色的灯下，歌声消失了，我抬头看了看夜空，居然见到了久违的明月和璀璨的星辰。身边经过的人突然多了起来，而且越来越多，越来越闹，最终将我淹没在人海之中。

“你们这是在做什么？”我鼓起勇气，拉住了一个手捧柚子、满脸喜悦的中年男子。

“你不是本地人吧？”

“我是本地人啊。”

“那就奇怪了，你难道不知道今天是什么节日吗？”

节日？我使劲回想了一下，猛然记起今天是本地一年一度的“走鬼节”。所谓“走鬼节”，就是活人与死人共同相聚、狂欢的日子。听老人们说，在阴历六月的最后一天，所有在这片土地上死去的人的鬼魂都会“回家”，与健在的亲人团聚，但由于无法现身，他们会依附在一个柚子里，亲人们只要在这个夜晚手捧柚子，找到城市中最热闹的地方，就能与他们产生心灵上的对话，因此，这天也被当地人称为“柚子节”。当然，要想与亡人团聚还有一个重要的条件，那就是不管你的内心如何悲伤，脸上都要带有笑容，这样就能告诉死去的人，你如今过得很好，让他们在阴曹地府安息乃至转世。

此时街上已经没有了车，我只能徒步回家。因为之前体力消耗得很大，我走得很慢，许多走在我身后的人不断地超越我。我看出来了，大家的方向非常一致，都是去往县中心立有一位抗战伟人雕像的人民广场。

在路边，我看见有一个老太婆在卖柚子，便挑了一个大的抱在怀中。我给家里打了个电话，没人接，估计母亲这时也已经在赶往广场的路上了。

就这样跟着人潮大约走了二十分钟，便到达了目的地。果不其然，看上去好像全县的人此刻都聚集到了这里，无论男女老少，手中均捧着一只青黄色的柚子，咧着嘴，将笑意挂在脸上。大家并不说话，甚至不发出任何声音，就连夏虫也停止了吟唱，整个世界如同被上帝调低了音量，宁静，安详。

在人群中，我意外地看到了齐天。他已经换了一身白净的衣服，与其他人做着一样的动作，而在他身旁，站着一个与之年纪相仿的陌生女人。我拿出手机，将他们一起拍摄下来。

再后来，我发现了母亲的身影。这个可怜的妇人今年才五十六岁，上半年刚办理了退休手续，看上去却像个八十岁的老太婆。她的丈夫——那个优秀的厨子，五年前在县里唯一的一家五星级宾馆炒菜时，一不留神踩在了一大块不知什么时候掉落在地上的肥肉上，仰面倒下，后脑勺在水泥案台上磕了一个大洞，送到医院时体内的血液已经流干了。据说他临断气前，还不忘叮嘱护送他来的助手，灶上的那锅笋片老鸭汤再过五分钟就能上桌了。

最初母亲得到这个消息时，表现得异常冷静。她给来报告消息的人员斟茶倒水，并且在整个倾听过程中都打着毛衣——那是她给自己丈夫六十岁生日的礼物；她答应会尽快去医院签署死亡鉴定书，但又表示当天时间已经太晚，太困，明天睡醒再去；她甚至对酒店提出的二十万抚恤金表示强烈抗议，要求将钱提高到三十万，那种讨价还价的口气给人感觉死的只是一只豢养了多年而被过路汽车压扁的老猫。

之后，她又给刚考上大学的我打了个电话，轻描淡写地讲述了事情的发生。当没用的我拿着听筒哭得稀里哗啦时，母亲却一个劲儿地在电话那头安慰我，告诉我不用急着请假回家，各方亲戚朋友都会来帮忙，用心把书念好比什么都重要。

第二天，我就踏上了回家的路途。从火车站出来，我直奔家门。在路上，我一面为父亲的死难过，一面对母亲的冷漠深怀怨恨。可当我推开门那一刻，眼前的景象让我永生难忘：可怜的母亲在我半个月前离家时还是满头青丝，如今却已银发如霜。那时我才知道，对于父亲的死，这个世界上没有人能比她更加悲伤的了。

如今，这个寡妇也站在了这个挤满丧亲者的广场，手捧柚子，面带笑容，沉默地等待着死者的现身。她的儿子就站在不远处注视着这一切，直到活动结束也不曾靠近。

在人群朝四周散去之后，我像跟踪犯罪嫌疑人一样跟在自己的母亲身后，保持十米开外的距离，跟她一前一后返回了家。在路上，我一度感到饥饿，便用钥匙划开柚子，将剥下的厚重的皮随手扔在路边，并强忍着酸涩感消灭了一整只可能依附着父亲魂灵的大柚子。

接下去的两天我生了一场大病，不得不跟所里请假暂时休养。到了第三天早上，我感觉精神状态好一些了，便下楼去吃早饭——已经两天没踏出门半步了。这时，我终于接到了齐天的电话，让我去他家一趟。

说“终于”，是因为我一开始就认定他会给我打电话，不过没想到会拖这么长时间。再说了，即便他不打来，我也早做好直接上门的打算。不过出乎意料的是，他在电话中说的并非王猛被杀的案子，而是他的妻子周冰受到了不明人士的威胁。

“报警了吗？”

“你不就是警察么？”

我觉得他说得对，便换上警服，驾驶警车去了他家。

开门的是周冰。我冲她微微点了点头，她的表情却显得非常惊讶，仿佛并不知道我的到来。大概过了几秒钟，铁门“哗啦”一下开了，我犹豫了一下，便走了进去。

齐天热情地将我请到客厅，安排我坐在沙发上，嘱咐周冰倒茶。他递来一支香烟，我摆摆手表示不抽，他也不勉强，自己点火抽了起来。

当肥胖的周冰扭着硕大的臀部从厨房出来，将一杯热气腾腾的茶水放在我面前的茶几上时，齐天开口了。

“我老婆怀孕了。”

这个信息让我有点吃惊。我下意识地朝周冰的肚子看了两眼，无奈她臃肿的身材掩盖了事实。

接着又谈到了恐吓信和电话。我询问信件的去向，周冰说被她扔掉了。这么重要的证据她为什么要扔掉？她的回答是，以为是恶作剧。

“交，或死。”

这是她描述的信件内容，选择题，简单明了。至于到底让她交什么东西，她明确表示不知道。没道理啊。假设对方真的写了这么一封恐吓信，如果不把条件说清楚，应该就是认为周冰知道他要什么东西，否则，这个要挟目的何在？

除此之外，她还接到了同样内容的恐吓电话，并怀疑对方在门窗紧锁的情况下进过这个屋子。我来到窗户旁边，仔细检查了一下窗沿的各个缝隙，没发现什么问题。

“还遇到其他什么怪异的事吗？”我问。

她说，前一天她回家的时候，发现屋外的门上贴了一张她的照片，照片上她的脸被人用红笔划了个大叉。可当我提出看一看证据时，他们却再次告诉我扔掉了。

事情发展到这一步，我有一种被愚弄的感觉。这就好比有人请你去他家吃饭，等碗筷都上桌之后，他给你描绘自己菜做得多么诱人多么好吃，但始终不把菜端上桌。

“你丈夫刚刚说你怀孕了？”

我的态度很明显——不相信。我以前看过一本书，说是女人在怀孕的时候因为焦虑容易产生一些脱离实际的妄想，疑心变得相当重，其中最常见的就是怀疑丈夫出轨和相信有人要谋害自己和肚子里的孩子。

周冰似乎也察觉出了我话中的不信任语气，很快结束了笔录。后来，我想请她谈谈王猛的案子，也被她婉言拒绝了。出门的时候，我提出和齐天单独谈谈，他面露难色，表示择日再说。

我走下楼梯没几步，身后的铁门就重重关上了。我想了想，把脚又收回来，轻手轻脚再次回到屋外，仔细观察了一番铁门，发现上面确实存在一些胶水的印迹。我朝后退了几步，抬头，一个一米见方的天井呈现在眼前，天井的内侧沿壁，有一竖排通上去的铁梯。

我一脚踩在灰白的墙上，一脚蹬在齐天家铁门的把手上，伸长手抓住了铁梯，手一使劲，做了个引体向上的动作，身体便钻进了天井里。我沿着铁梯爬了上去。

爬了不到三米，便到了顶，用手掌推一推，是一块厚厚的钢制天井盖，推不开。我拿出裤袋里的手机，用屏幕的亮光照了照，找到井盖的闩，拉开，用尽力气一推，光亮就挤了进来。

然后我打开手机的摄影功能，一步步审视我贸然闯进的世界：敞亮的露台上用几块木板和帆布搭了一个简陋的窝棚，旁边放着一节长度适中、可挪动的木梯；掀开帘布进入，里面摆放着一张简易的床和毛毯，和一些榔头扳手之类的工具，地上有一卷烧成白灰的蚊香，和一枚燃到过滤嘴部位的烟头，依稀看得出是“金花牌”的，我将它迅速装进随时携带的封口袋；掀开被单，床板上压了一些周冰的照片，有在路上走的，有驾驶公交的，也有坐在路虎车上的；我用手试着敲了敲床板，感觉下面是空的，掀开一看，露出一块黑色的木板。我再将木板挪开。

我探头进去看了看，顿时身上汗毛都立了起来：这个洞口正对着楼下人家卧室的大床位！因为吊顶的缘故，楼下与楼上此刻只相隔了一层木板，只要移开下面这块明显已经被切割过的夹层，就能轻易跳入齐天家的卧室！

不对。这不是齐天家卧室。刚才我在楼下每个房间都看了，卧室的陈设和我现在看见的完全不一样。莫非……我弯下腰用眼睛仔细搜查了一下，看见了床头柜上的照片。是个女人，很面熟。啊，没错，就是那晚和齐天在一起的女人！我被搞蒙了，一时手足无措。随即我反应过来，慌忙沿原路返回到六楼的楼道间。

也许是惊魂未定的缘故，我并没有选择回所里报告线索，而是直接去找了老陈。我觉得有必要听听他的意见。

他听到我陈述的情况之后，突然眼前一亮。

“你确定情况属实？”

“废话，我亲眼所见。”

“如果没猜错的话，住在上面的就是威胁周冰的人，可那房子又是怎么回事呢？”

老陈低头来回踱了几步，若有所思地说：“这件事暂时先别报告。”

“为什么？”

“现在事情还不明朗，你一弄，很可能会打草惊蛇。而且你很可能已经暴露了，处境很危险，这样，你先休息一天，剩下的事情我来办。”

我从未见过他如此认真地说话，完全被镇住了，于是说：“好吧。那我接下来该干什么？”

“什么也别干。”

“可单位那边……”

“我帮你请假，你就放心吧。记住，什么也别干，等我电话。”

我似乎没有其他选择。回到家，换下警服，我才感觉内心平静了一些。躺在床上，我反思今天的经历，心想自己真不是一个称职的警察。

但自我反省还没来得及再深刻一点，恐惧的心理又再次像黑暗中的蝙蝠群一样扑面袭来。若是当时我俯身观察的时候，凶手就站在身后，我现在还有命躺在这张柔软舒适的席梦思上吗？会不会像王猛那样被捅成马蜂窝，鲜血满地，然后弃尸荒野？我才只有二十三岁啊。我不想死。

对了！想到王猛我突然脑子里闪过一个念头，这个要挟周冰的人会不会就是杀害王猛的凶手？王猛死的那天见过周冰，那天晚上他死前还给周冰打过电话，接着周冰就受到了要挟，王猛会不会曾交付过什么重要的东西给周冰？究竟是什么呢？

我想起从王猛办公室带回来的那套象棋还没来得及带回警局，一直放在包里。于是我打开茶叶罐，铺开棋盘，将棋子倒在上面，然后把它们一枚一枚归位。我曾经也学过一段时间象棋，也许试着像王猛那样自己跟自己下一盘，能找到一些灵感。

把茶叶罐里的象棋都摆好后，我发现少了一枚棋子。一枚红色的“炮”不见了。我把茶叶罐底朝天抖了抖，确实没有。正在这时，手机响了。

“快点过来！”电话那头老陈的声音听上去焦急万分。

“去哪儿？”

“红旗水库。”

“红旗……水库……”

“发什么愣！快过来，出事了！”老陈几乎喊了起来。

“什么事？”

“李元被杀了。”

15 消失的证人

已经有整整十年没来过红旗水库了。

自从十三岁那年经历过那起事故后，每次一想到这里，我的内心就会有种无法驱赶的负罪感。那个沉入水底的漂亮女孩，那个在岸上朝我不停呼救的胖姑娘，那具干净、惨白的男性裸尸，几个画面叠加在一起，令我无法顺畅呼吸。

于是我刻意将“红旗水库”这个地名从记忆里强行抹去，尽量不去、不提、不想起。但现在躲不过了，水库就在前方。让我感慨的是，时隔十年再来这里，居然又是因为死人，的确是宿命般的人生设定啊。

到了事发地点，出乎我意料，堤上静悄悄的，只有三五个办案人员在安静地工作，既没有围观群众，也没有媒体。秦所长一脸严肃地正对着老陈训话，后者则蹲在地上，一言不发地抽烟。

接着，我看见了地上盖着白布的尸体。

掀开一角，那张略显苍老的脸露了出来，双目紧闭，好像睡着了一样。他的头发潮湿，身上穿的蓝色T恤因为水的浸泡而蓝得发黑，袜子和皮鞋仍套在脚上。一旁的地上放着一顶鸭舌帽。

经法医初步鉴定，李元浑身上下没有一处伤痕，根据其肺部胸腔大量积水的事实，推断死亡原因是溺水窒息。

“你回去后先写一份检查，好好反省一下。”秦所长的语气非常严厉，“我说老陈，你这么身经百战的一位老同志，怎么会犯这种错误，真是……哎！”

说完，秦所长一甩手，愤愤地上车走了。我走到老陈身边。

“这什么情况？”

“我大意了。”

接着，老陈就详细描述了前一天的经过。

那天他听完我的汇报，突然想到一个细节：那次我们去李元家调查时，客厅茶几上正摆放着一个烟灰缸，里面烟蒂上的字就是“金花牌”。结合之前的分析，他怀疑李元就是杀王猛的凶手，只是动机暂时不明。

这个时候，他想冒个险。他打算直接去找李元，用诱供的方法让他招供。这手段很多年前他曾经用过。那时候他是警队的英雄，也许现在还能再当一次。他在自己身上藏了一支录音笔，然后给李元打电话，骗他说找到了证据，想私下聊聊。他告诉李元，自己老了，马上就要退休了，愿意将证据卖给他。李元否认自己杀了人，但可以出来聊聊，地址就约在红旗水库。

然而，等老陈赶到水库的时候，发现李元已经死了。尸体就浮在水面，醒目、扎眼，提醒着老陈他犯了一个多么大的错误。他应该事先把情况通报所里，把人带回来审查，而不是独自约见嫌疑人。“英雄”这顶皇冠的诱惑实在是太大了。

“你打算放弃吗？”我看着老陈的眼睛。

“不。”老陈嘴里喷出一口香烟，烟雾模糊了他的面容，同时，一个坚定的声音从那迷雾背后传来。

“非逮到这个孱凶手不可！”

按理说，短短一个月时间，又一个科研人员——而且还是来自同一个研究所——遇害，这本应成为轰动整个县城的大新闻。但实际情况是，这起事件发生后没有引起任何波澜，媒体对此闭口不谈。李元就像一阵风，在世上一刮而过，没有留下任何痕迹。

秦所长的解释是，这事不宜公开。前不久王猛的案子还没破，这边又死了一个，公众会怎么想？肯定会对公安部门的办案能力提出质疑，最关键的是，很可能会引发老百姓的恐慌，间接影响到社会稳定。

“很多事情还是暂时不公开的好。”秦所长说。

“那就暗地里查。”

“是得查。”秦所长说，“但在查出真相之前，我希望暂时把它定性成交通意外。”

“交通意外？他明明是……”

“你们有证据吗？我刚接到验尸报告，死者的血液里含有大量酒精成分。”

“所以呢？”

“所以他很可能是酒后驾驶，一不小心，开车掉下水库淹死了。”

“这也太巧了吧，正好我们要查他就酒驾死了。”

“那不然呢？”

“李元是被人谋杀的。而且我认为，李元的死和王猛的案子密不可分，可能背后牵扯到其他的人。”

接着，我把这几天的调查结果以及相关推理都告诉了秦所长。秦所长听完后陷入了沉思，过了一会儿，他走过来拍拍我的肩膀。

他说：“小简啊，事情没你想的那么简单。这件事就先让它过去吧。有些事情，我比你更加身不由己。”

当天傍晚，我就知道他说的“身不由己”是什么了。

我从外面办案回来，走进派出所的大门，穿过值班室和深长的走廊，却没有见到一个人影。各个办公室的门和灯都开着，四周安静极了，墙上挂着各类锦旗，庄严、肃穆、沉寂的气氛使得我有点紧张。

就这么傻站了半分钟，我隐约听到了一丁点儿人声。循着声音而去，我在会议室见到了济济一堂的同事们。

会议长桌正当中的位置坐着一个从未见过的中年男人，笔挺的警服，整齐的头发，浓眉大眼，国字脸，一副不苟言笑的样子。他的左手边坐着秦所长。

“快，找个位子坐下吧。”

我在人群中扫视了一下，扫到窝在角落里的老陈，于是挤到了他旁边。老陈很不情愿地挪了挪屁股。

“来，我们继续开会。高局，您请。”

“嗯。关于这个案子，大家还有什么其他要补充的？”

那位被称为“高局”的人说起话来面无表情，像一尊石佛。

大家沉默不语。

“好了，就这样吧。抓捕行动定在半夜两点，现在还有点时间，饿了的同志先去吃点东西，困的呢就眯一会儿，争取打个胜仗！”

什么？抓捕？凶手已经查出来了？这究竟怎么回事儿？不等我反应，“高局”就宣布散会了。老陈给我使了个眼色，我屁颠屁颠跟着他转到了大楼后面，俩人各自点上一根香烟。

“那个‘高局’是什么人物啊？”

“县局主管刑侦的副局长。上面看我们王猛的案子这么长时间没破，屌影响太差，就亲自下来指挥工作。”

“看他那样子也不见得懂查案。”

“谁说的？”老陈一脸诡异地笑着，“这案子人家已经给破了。”

“破了？这么快？”我吃了一惊。

“嗯。局里收到一封匿名举报信，写信人自称是目击者，说王猛是被两个外乡流窜过来的吸毒犯杀死的，目的是抢劫，信里描述了整个谋杀的过程，基本与我们调查的结果相符，另外还提供了犯罪嫌疑人目前的居所，所里定在今晚进行抓捕行动。”

“就这样？”

“就这样。不然呢？高局昨天在媒体通报会上高调宣称三天破案，给百姓和受害者家属一个交代，没想到不到三天就破了，而咱们瞎屌忙活了一个多月还一无所获。”

“但这案子还有许多疑点，再说李元……”

“别提了，”老陈停顿了几秒说，“上面不让说这事儿。”

“那咱们怎么办？还查不查？”

“查个屌啊，领导今晚就收网了，一旦嫌疑犯被抓住，屌案子就破了。案子一破，还有咱们什么屌事？”

“你也相信是两个吸毒犯干的？”

“不相信又能怎样？”说着，老陈把烟头往地上一扔，就要走。

“你去哪儿？”

“回家睡觉！我马上就要退休了，这种抓捕的活儿我是干不动咯。”

望着老陈离去的背影，我感到非常失望。我在心里对自己说，无论如何，也绝不放弃调查。警察的执着是找出真相，而不是成为领导们的傀儡。

今晚，我想再去会会周冰。

来到街上。月亮很圆，很亮，照耀在大地上，万物静止不动，十分安详。

有那么一刻，我感到孤独极了。

周冰家气氛不太对。

齐天给我开的门，笑容可掬地把我请进屋。我提出想和周冰见见，问她一些问题。说话间，我不由自主地抬头看了眼天花板。现在我知道那里面住着人。

周冰似乎精神不佳，眼神迷茫，答非所问。

我感觉她可能需要我的帮忙，刚想问下去，齐天却以孕妇需要休息为由，很快结束了我的访问。

我借故去了趟卫生间，把随身携带的铅笔掰断，在一张便条上迅速写下："如需要帮助，用笔写在背面，从窗户上扔下来。"接着用皮筋将铅笔头和便条捆在一起，出来的时候路过周冰房间，趁齐天不注意从门缝下面塞了进去。

离开周冰家后，我在窗户下静静地等待。

现在看来，周冰应该就是当年向我呼救的胖女孩。我已经抛弃过她一次，这次绝不能再袖手旁观。

等了一会儿，只见铅笔头和便签从窗户上扔了下来。

打开一看，上面写着：我被囚禁了，快救救我。

我顿时感觉热血澎湃，恨不得立即冲回楼上，一脚踹开门，将虚弱的周冰拯救下来。十年前的那一幕又出现在眼前，这次我决不能放手，必须拯救她，同时，也是拯救我自己。

然而，我很快冷静下来。我不能再犯老陈的错误，现在不是逞英雄的时候。目前最正确的做法，是去所里打申请，然后带人来。我总感觉这个周冰藏着很多秘密，也许从她身上能找到破案的线索。

我打电话给老陈，没接。我迅速开车回所里。然而，当我火急火燎地赶到时所里却空空荡荡的，只有两个值班的伙计。

在高局的指示下，所里的同事们都出去抓"凶手"了。

第二天清晨，当我带着几个折腾了一夜的同事来到周冰家时，被眼前的一幕惊呆了。

门半掩着。推门入内，地上纤尘不染，家什摆放有序，像刚进行过大扫除一般；接着映入眼帘的就是尸体，两具，并排而坐，靠在沙发上，没有头部。

沙发被血完全渗透，盖布上面的喜羊羊和灰太狼在暗红的血色中显得特别滑稽、无辜。

后来，经过对他们各自怀中头颅的确认以及DNA化验，查出其中一具无头尸是齐天，另一具是本县中心医院一名叫杜鹃的女医生。这位杜鹃，正是我看到的和齐天在一起的神秘女人——那个住在阁楼上的女人。

周冰不知所踪。

我和几个同事挤在卫生间里吐了一会儿，然后打电话通知了所里。接着，我找到天花板上复式楼的开关。上面同样收拾得很整洁。再往上，我通过上次那个缺口，爬到了楼顶。楼顶已经被人清理过了，什么都没有留下。

回到所里，我交了一份报告给高局长。高局长看后满脸疑惑。他表示，王猛案的凶手前一晚已经抓捕归案，犯罪嫌疑人刘某和赵某对自己的犯罪事实供认不讳，而这个齐家两具无头尸案很明显是一起新的凶杀案。

“可是，周冰呢？这么重要的一个证人应该去把她找来问问。”

“你的表述有问题。”

“什么问题？”

“小简，注意你的语气，这是在跟领导说话！”秦所长在一旁呵斥道。

“没关系。”高局长显得很有度量，“丈夫被杀，老婆失踪，周冰是第一嫌疑人，而不是你说的证人。我会派人把她给找出来。”

“我不同意您的说法，据我判断，她不是凶手，而是证人……”

“据你判断？你算个什么东西！”秦所长终于忍无可忍了，“好了，你汇报完就出去吧。”

“所长，我……”

“住口！出去！”

我被唬住了，眨巴了几下眼睛，很不情愿地转身朝门口走去。

“站住。”

我回过头来。

“记住，现在外面很多媒体在关注这个案子，在外面说话要注意，不要影响警队的形象。”高局长讳莫如深地说道。

我点了点头，走了出去。

“大家带上纸和笔，到会议室开会，讨论齐家无头案。”秦所长跟着来到大办公室，见我傻站着，便对我说：“这个案子你不用参与了，放你半天假，回家好好休息。”

老实说，走出派出所的时候，我已经感觉不到一点愤怒了。不，委屈也没有，郁闷、纠结、憋屈通通都没有。我只是觉得可笑。当然不是笑我自己，而是笑这帮无能之士。爱怎么折腾怎么折腾去吧！我不玩了！

回到家，我径直进了房间，反锁上门，倒头便睡。我估计自己会在半分钟之内进入睡眠，可直到半小时后，我仍然合不上眼。我脑子里像在进行淞沪会战，一会儿空军轰炸，一会儿又短兵相接，直到将脑海炸得满目疮痍，硝烟四起，仍不消停。我知道自己陷入了一个僵局，如果不走出来，可能一辈子都别想睡了。

我从床上爬起来，找出笔和纸，将这段时间以来的侦查结果从头至尾梳理了一遍。最后，我发现自己可能犯了一个非常严重的错误。

我太忽略周冰了。

从王猛的死，到她被人要挟，再到早上发生的无头尸案，她都是第一或第二关联人。而我明明有好几次机会接触到她，却轻易地放过了询问的机会。就在昨天晚上，她还向我求救，我却再次错失了机会。我真是太蠢了。

现在的问题是，秦所长已经明确把我排除在这个案子之外，我如果硬要干涉，除非私下调查，否则不可能再有机会。但问题是，私下调查明显不符合程序，况且这个案子太过凶残，很可能有性命之忧，多一事还真不如少一事。

可事情发展到这一步，我真的就能全身而退，置身事外？

还有周冰，她至今下落不明，生死未卜。

不，绝不能就这么算了！

我调出了之前拍摄的照片以及录制的访问音频，进而确认了之前的调查结果百分之百真实可靠——我曾一度被那位高局长的言之凿凿搞得对自己产生了怀疑。屋顶上的一切也是存在的，这是不容否认的事实。

接下来要做的就是寻找一个突破口。目前来看，找到周冰对破案能起到决定性的帮助，可问题是，她在哪儿呢？会不会已经死了？

我又给老陈打了个电话，这次他接了。

“干吗老给我打电话，烦不烦啊？”

“今天的案子听说了吗？”

“听说了，不感兴趣。”

“要不咱们一起再跑一趟杰明化工厂？”

“不去，要去你自己去。我儿子今天回来，我得陪他吃饭。”

“那……好吧。”

我正准备挂电话，听到老陈在那边说“等等”。

“什么？”

“没什么。你……小心点，傻屌。”

“知道了。”我内心感到一阵温暖。自从父亲去世以后，这是第一次有父辈年纪的人关心我的安危。

当我再次坐到古杰明办公室的时候，对方表现出了极不耐烦的态度。他甚至没有像上次那样让秘书去搬椅子，而是任由我尴尬地站在这间空旷的屋子中央。来时路上依然是尘土漫天，令人绝望。

“你们要了解的事情上次我已经交代得很明白了。你这样一次又一次的，警民合作就变成警察扰民了。”

“我只是想确认一下……”

“确认，确认你妈个头啊，回去找你妈确认去。”

“请你放尊重点，这是警察在办案。”

“去你妈的，办案，别说是你，就你们秦所长亲自来老子也把他骂走！什么玩意儿，老子一年交那么多税养你们这帮废物，你们倒好，隔三岔五地跑来骚扰我一下，妈的，赶紧给老子滚！小刘，送客。”

我刚想争辩几句，却被刘秘书拦住了。他冲我使了个眼色，然后做了个请的手势，我只好对那个气鼓鼓的光头说了声“打扰”，便退出了门。

在办公楼门前，刘俊一副欲言又止的样子，我停下来看着他。

他说：“简警官，这事你还是别掺和了。”

“哦？为什么？”

“因为没用。”末了，他讳莫如深地笑了笑，“就凭你动不了我老板。”

回来的路上，我驾驶着警车，怒火中烧，屈辱万分。这些人面对执法人员，竟然如此不尊重，法律何在？正义何在？警方的威严何在？

在接近县城中心的一个十字路口，眼见着绿灯转变成黄灯，又即将转变成红灯，我加大油门想冲过去，可惜晚了大约两米的距离，只好紧急踩下了刹车。

“砰！”

听到轰响的同时，我感觉身体一震，胸口撞上了方向盘，痛得我龇牙咧嘴。我气愤地回过头，想对那个追尾的冒失鬼发泄怒火，却看见一辆绿色的猎豹吉普车正在倒车，紧接着一加速，从我车旁“嗖”的一下冲了过去，迎着红灯飞向前方。

衡C-20087。

我迅速在自己的记忆库里搜索到了该车牌对应的信息，不顾一切地加大油门冲了出去，差点与一辆从左往右行驶的大卡车相撞。

老实说，我并不是一个驾驶高手，甚至从未超过时速120公里。谨慎的性格是一方面，更重要的是，我在车速过快的情况下，意识会习惯性地恍惚。我会觉得身体不受控制，周围的一切都模糊起来，轻飘飘的，仿佛在梦里，而顷刻间的回神就像噩梦初醒，手脚的忙乱完全能让我坠入死亡的深渊。

于是，尽管这是一场公路追逐赛，我仍然不敢轻易超出身体承受的极限。而前方的绿色吉普车就像知道我的弱点，并没有加速绝尘而去，而是忽快忽慢，时紧时松，仿佛用一根看不见的皮筋牵住了我，一切尽在掌握之中。

路上的车和行人也并不觉得自己身边正发生着平时在电影中才能见到的警匪公路战，他们走着自己的路，开着自己的车，从他们的表情和动作可以看出，这不过是他们各自生活中一个稀松平常的下午而已。

最终，我被激怒了。在那条通往县城中心广场的道路上，我打开了车顶的警笛，拽过车内的扩音器，放在嘴边大吼了几声："靠边！靠边！"

非常遗憾。

这一声喊让我彻底失去了抓住凶手的机会。

我清楚地看到，沿街两旁的小摊小贩风卷残云般收拾起自己的生意，三轮车、摩托车、自行车横七竖八地朝四面八方逃窜，场面极为混乱。有的遗落了几把木梳，有的打翻了一碗凉粉，一个抱孩子的妇女被人撞倒在地，将骨肉高举在半空；有的大笑，有的大哭，有的玩命奔逃，有的坐以待毙；一个烤羊肉串的中年男子不顾火烫，用肩膀扛起了铁制的仍然烧着通红木炭的烤架；一个卖烤红薯的老头慌乱中踩断了链条，三轮侧面遭受了一辆汽车的剧烈冲击，火炉倾倒，火煤与黑褐相间的红薯滚落一地，与刺目的日光相互辉映。

非常遗憾。那辆撞倒三轮车的汽车正是由我驾驶的警车。

在短短的三分钟后，几乎所有之前试图逃跑的人都停下了脚步，并掉转头来。他们像被捅了窝巢的马蜂群一般集体向我围拢来，先是看看仍然躺在地上呻吟的老翁——并不急于将他扶起来，有几个人还拿出手机在拍照，然后再看看依然端坐在驾驶座上傻了眼的我，眼睛冒红，纷纷攥紧了拳头。

我悄悄将头顶渲染气氛的“呜呜”警报关掉，并把车窗锁死。

“打倒无良警察！”

不知人群中谁高喊了一声，紧接着，这样的口号像瘟疫一样在人群中传开，并且从零乱到了整齐划一。他们“轰”地挤了上来，用不知从哪里找来的棍棒和砖头开始敲砸车窗。半分钟后，乌云笼罩，雨滴落下……

16 网吧遇袭事件

接下来的几天我都是在病床上度过的。除了母亲一直陪伴照顾我，老陈也来看过我一次，见没什么大碍，开了几句玩笑就走了。秦所长也来探望过，但明显只是走个过场，对于我提出的关于案情的疑点似乎并无兴趣。

“好好休息，其他的事情等出了院再说。”

“可是……”

“哦，对了，领导经过研究，决定暂时对你进行停职处分，不过工资照发，医药费报销百分之八十……”

“停职？为什么？”我感到莫名其妙。

“这是高局长的决定。你这次闯出这么大的祸……不多说了，总之，你就安心养病吧。”说完，他意味深长地看了我一眼，转身走掉了。

后来我才知道，这次群体性事件被现场一些围观群众用手机拍了下来，并且将图片上传到了微博，影响很坏。

当然，这些都不是我关心的。在医院里待了不到三天，我就急着出了院，脖子上挂着绑石膏绷带的胳膊到了所里。正巧，多数同志都外出执行任务，高局长也不在，唯有所长的办公室透着光亮。

我径直推开门，见秦所长正盘腿坐在自己的椅子上，双目紧闭，双手手指交叉，手掌朝上托放在腹前，嘴里念念有词。桌上焚着一炷香。我心头一慌，赶忙想退出去，却被他叫住了。

“把门关上。锁了。”

我照做，然后拘谨地杵立于他面前。等了大约五分钟，他叹了口气，缓缓睁开眼睛。

“天意啊。”

他将腿伸直，用手搓揉着小腿舒活血液，并不看我。

“所长您还信佛啊？”我想缓和一下尴尬。

“是为了停职的事情吧？”他如同没听见我的问话，从抽屉里拿出一张宣纸，在桌上铺开，再将书柜上摆放的毛笔、砚台和墨拿下，忙活了一阵后，开始对着一本破破烂烂的书誊抄起来。我远远看了看，是《金刚经》。

“我知道上次的事是我的责任，但眼下这个案子没破，而我又跟了这么久，怎么能就不让我干了呢。”

“笑话。你以为你是谁，狄仁杰？”他的字写得像壁虎爬过一般，难看极了。

“反正据我掌握的信息，这个案子绝没那么简单。”

“我也知道没那么简单，但现在是高局长管事，对不？你明白的，有些事情不能说得太细。至于你停职的事情，放心吧，等这个案子一结束，我就让你重新上班。”

“可是人命关天……”我一激动嗓门就大了起来。

“你嚷什么！”他把毛笔往桌上一放，走到门口，检查了一下门闩，然后把我拉到角落里一株长势良好的滴水观音旁。

“就你有责任感？你们年轻人做事怎么就沉不住气呢。”他顿了一下，突然正色道，“简耀同志！”

我急忙应声：“到！”

“我现在以派出所所长的身份命令你继续调查王猛以及齐天一家被杀案件，务必将事情真相弄个水落石出。”

“等等，”我被他突如其来的态度转变搞糊涂了，“你刚才不是说要停我的职么？怎么这下又让我继续查案了？”

“没错，你是被停职了，但案件还得继续查。暗查。”

“暗查？”

他突然又变得深沉起来：“小简啊，我刚才已经说过了，现在是非常时期，很多事情不能说得太细，总之，你要想继续查下去就得这么办。”

我一时不知道说什么好。

“别傻愣着了，你把警员证先交出来，我对高局也好有个交代。另外，有什么进展直接跟我汇报。打电话可能不太方便，你直接给我发邮件。记一下我的邮箱。”

“哦。”我想从桌上找笔和纸，被他制止了。

“妈的，你怎么当警察的！用脑子记！”他脏话一出口，立即反应过来，双手合十，默念了几句“罪过”。

我战战兢兢记下了他所说的邮箱地址，然后将警员证放在了办公桌上。临走前，他表示等案件一结束，会亲手抄送一遍《金刚经》给我。

出了派出所的大门，站在午后的大太阳底下，一种虚空的感觉在我身体里腾然升起。这是我工作以来第一次觉得自己什么都不是，想哭、厌世，觉得一切都无趣。我不认为秦所长那个所谓的密令能给我增添多少力量，目前我唯一想做的就是找个地方喝上几杯，什么都不去想。

是的，难道逃避不是我对待生活的一贯伎俩吗？从十三岁那年的溺水事故就可以看出，我天生是个懦弱胚子，因为我的逃离，一条鲜活的生命沉入水底；大学时期，因为怯懦，我失去了一个暗恋了三年的女子的爱；而就在前几天，因为我的犹豫，两条生命被斩首！现在我又没有了继续侦查案件的权力，还有什么好说的呢，随它去吧，如果能让自己舒服一点的话。

我顶着毒辣的阳光走了将近一个小时，终于走到了一家熟悉的小酒馆。这时没什么人，老板娘坐在收银台后，正对着墙角上方的电视机看一部国产偶像剧，老板兼厨师光着膀子躺在几台拼凑起来的餐桌上仰面睡觉。他们都来自四川。屋内的空调未开，只有一台简易的电风扇在左右摆头，温度极高，但对我来说却刚好。

为了不打扰辛苦的厨师，我只要了凉菜和两瓶冰镇啤酒，然后找了个面朝大门的位子坐了下来。街上行人少得可怜，大约三分钟左右飘过一个模糊的肉身，就像在看一部无聊的无声恐怖电影。

“要是老陈在就好啦。”我不由低声发了一句感慨。自从李元事件之后，老陈似乎变得特别消极，甚至很少出现在所里。我得找他谈谈。他是我的老师，也是我警察生涯的领路人，他的状态直接影响了我。我抓起酒瓶直接对着嘴灌起来，冰凉的液体猛地侵入我的咽喉，强大的气压迫使身体做出抵抗，酒“哗”的一下被我喷在桌上，少量侵犯成功的顺利通过我的鼻腔，又从鼻孔凯旋流出。我感到后脑勺一阵酥麻，不禁打了一个寒战。

老板娘见此情形，急忙给我递来了几张餐巾纸。我揩擦着嘴巴跟她道了声谢，她笑了笑，看了眼仍在呼呼大睡的丈夫，便转身回到收银台后面，继续看她的电视剧。荧屏上的一对俊男靓女正在闹矛盾，大概的意思是，女的要走，男的拉住她不放手，然后两人就抱在一起，用力哭了起来。至于他们说了什么我一点儿都听不见，因为电视被静音了。

于是我继续喝酒，却已经不再想老陈了，而是想起了我死去的父亲。他也是个厨子，跟桌上的那位比起来却更为枯瘦。在我的记忆中，他是相当讲究的，做出来的菜首先要看相好，吃饭时也对我的坐姿、声音以及握筷的方式挑剔不已。有一次，我夹完一块浓汁的红烧肉后，不自主地舔了一下筷尖，结果挨了一记响亮的耳光。他平时将厨房和自己收拾得干干净净，绝不会像餐桌上的那位如此不雅地四仰八叉睡熟。算了，人都死了，还是不想了。

当我再次抬头看门外时，却意外看到了周冰。

我猛地站了起来，手握着还剩大约五分之一啤酒的酒瓶，不顾一切地冲了出去。我冲到路边，却被来往的车辆给阻隔了。真是太奇怪啦，刚才还稀疏的车道此刻已是川流不息，如同一条汹涌的江河，汽笛如喧嚣的波涛一般拍打着我脚下的路沿。

我几次鼓足了勇气，依然找不到缝隙钻过去，便悲伤绝望起来。我扯着嗓子冲对面的那个女人嘶吼着：“周冰！周冰！”她明显停顿了一下，但立即加快了前进的步伐。

终于，我想起了手中的酒瓶。我朝后退几步，一个俯冲，沉肩，扬臂，像扔手榴弹似的将它朝周冰扔了过去。手榴弹在空中急速旋转，划出一道弧线，酒液从瓶口洒了出来，在阳光下显得格外壮观。

“砰！”

酒瓶横跨整条马路，准确击中了对面一个铜质雕塑的额头——那是县政府为纪念本地一位见义勇为与小偷搏斗而被捅死的少年而建，玻璃碎片在他的头上开了花，啤酒流得他满脸都是，如同他浑浊的泪水。

我一屁股坐在了地上，眼睁睁地看着周冰消失在街角。几个路人停下来看着我，等着我说点什么。但我什么也没说。我只是在心里笑了几声，庆幸自己又找回了那份将真相追查到底的信念。

这的确是一个很小的县城。小的时候，我牵着父母的手走在街上，经常会遇到熟人。父亲说，叫阿姨，我便叫阿姨。母亲说，叫叔叔，我便叫叔叔。然后叔叔阿姨们就会伸出手来在我头发上摸一摸，众口一词地赞扬：好小子。如今我已经长大，长辈们有的老去，有的死去，楼房有的拆掉，有的陈旧如前，但县城还是那个县城，小而微，藏不下大胖子。

周冰确实胖得有点惊人。她行动迟缓，因两颊的肥肉而说话含糊，黑框眼镜，不爱打扮，怎么也想不通齐天为什么会娶她。倒是那个死在他屋里的女人杜鹃，至少相貌上和他颇为般配。说来也奇怪，既然杜鹃都公开住到齐天家里去了，为什么他还强留那个又肥又丑的女人在身边呢？

对了！差点忘记了一个重要信息：周冰怀孕了！没错！这是齐天亲口告诉我的消息，要这么说的话，她必定会去……医院！

为了出行方便，我去汽车租赁公司租了一辆桑塔纳，办完手续便直奔县中心医院。医院的钱院长是我母亲的一位熟人，在关心了一下母亲的近况后，便着手帮我翻查起病人信息来。他告诉我，现在全县的医院实行一体化管理，所有病人的情况都能在联网的内部网站上查到，不过只有他这一级别才有资格查看。

“我跟你妈几十年的朋友了，没想到你都长这么大了。还记得吗？我小时候还抱过你呢。”

我尴尬地冲他笑笑，内心期待他那神奇的手指能在键盘上更灵活快捷一点。等待片刻后，一张白色的A4纸进入打印机，开始“吱吱”打印起来。打完，他将那张纸抽出递给了我。

“喏。最近一个月有三个叫周冰的人曾在本县医院就医，这是他们的信息，你看看有没有什么帮助。”

排除掉一位成年男性周冰，还剩两位，再减掉一位五十八岁的，只剩下一个年仅八岁的小男孩。

“怎么，都不是？”

我失望地摇摇头。

钱院长说：“不要紧，周围几个县医院的院长都是我同学，我帮你问问。”

接着，他打了好些个电话，把我想找的人的情况报给对方。就这样，打到第五个电话的时候，他终于露出了满意的笑容。

“谢谢，改天请你吃饭。”

挂了电话，他给我写了一个邻县的医院地址。

“你去这家医院的妇产科问问，就说是周院长介绍的。他们昨天刚给一个叫周冰的女人做了流产手术，体貌特征和你描述的非常接近。”

我接过纸条。

“谢谢叔叔。”

“谢什么嘛。”他突然将手掌伸向我的头顶，“做警察很辛苦吧？”

我来不及躲闪，只好硬着头皮任由他在我头发上抚摸了一阵，然后表示还有公务在身，道了谢，匆忙退出来。关门那一刻，我仍然能感觉到头皮发麻。

按图索骥，我来到地址上那家医院。找到妇产科，把情况一说明，一位姓马的医生便主动表示是她给周冰做的检查和手术。

“胖胖的，这么高，戴一副黑框眼镜。”

“她是一个人来的吗？”

“嗯，没看到其他人陪她一起。真可怜。”

“可怜？”

“嗯，一个女人，自己跑来流产，她男人真不是东西。”

“她有说些什么吗？”

“她说自己其实一直想要孩子，但她老公不想要，而且好像要跟她离婚。”

“离婚？”

“说是找了个小三，还打她。她还给我看了她身上的伤疤，打得那叫一个狠。唉，每个来流产的女人都有一个凄惨的故事。”

“这些事都是她主动说给你听的？”

“当然，警察同志，我们医生可不会去随便打听别人的隐私。”

“明白。那，她有提到她丈夫叫什么吗？”

“叫宋毅。”

“你怎么记得这么清楚？”我用笔把这个名字记下来，继续问。

“是她自己说的，正好和我老公的名字同音，我老公也叫宋艺，艺术的艺，当时听她一说这名字，我吓了一跳，还以为是我老公呢。”

“她还说什么了？”

“不记得了。”

我跟马医生道了谢，带着满脑子的疑问走出医院。开着车，我在马路上慢慢转悠，试图得到一些灵感，却一无所获。我想起秦所长的话，便找了家休闲娱乐会所，将车停好后，乘电梯上到三层的公共网吧。

网吧前台是一位年纪二十出头的姑娘，此刻正埋头在柜台后面玩手机游戏，对面墙上贴着一张白底红字的标签——“禁止未成年人入内”。我用手指敲敲柜台的木板，小姑娘没抬头，而是将一个手掌伸到我的面前。

“做什么？”

“身份证呀！”

“噢。”我从上衣口袋里掏出钱包，将身份证递到她手上，“你们现在搞得还挺正规的。”

小姑娘并不接我话，把手机暂时搁置一旁，飞快地将身份证在仪器上扫描了一下，然后递还给我：“押金。”

“多少？”

“最少十块。”

我交了二十块钱押金，按照她的提示进到里间网络区，找了个空余的电脑坐下。我左边坐了一个四十来岁的中年男人，嘴里叼着香烟，正聚精会神地在打一种角色扮演性质的网络游戏，右边则是一个看起来十四五岁的男孩，只见他键盘打得飞快，“噼啪”作响，头戴耳麦却不说话，显示屏幕上有一个漂亮姑娘正与他视频交流。我正琢磨要不要通知当地派出所来查一查未成年人上网情况，却听见他突然开口，对着屏幕用乡音浓重的普通话说了一句：“老婆，想我吗？”吓得我立即打消了念头，赶紧把注意力转移到自己要做的事情上。

我将一天的调查结果简单拟写了一封邮件，发送到秦所长的个人邮箱。在邮件中，我让他帮我调查县里名为“宋毅”的男性资料。在等待过程中，我上网看了一部名叫“火星救援”的好莱坞大片。

大约过了一个多小时，邮箱提醒我有新邮件，于是我立即关掉电影，重新打开邮箱。

县里叫宋毅的男性一共有二十七位，经过简单筛选，仍然还有十九位不能确定是否是我要找的人。我用笔抄下这些人的住址，塞进上衣口袋，便关了电脑，走到前台。结完账，我向仍在孜孜不倦玩手机游戏的小姑娘询问了卫生间的方位，后者像背台词似的说："出了门右转直走到底。"

如我所料，网吧的厕所果然脏得一塌糊涂，地面是用廉价瓷砖铺就的，又湿又黑，踩上去要时刻提防滑倒。厕所里一共两个蹲位，带门，紧闭，看样子里面均有人；小便池有三个，其中一个是带不锈钢扶手的残疾人专用，中间那个可能被什么堵住了，浅浅的池内积满了淡黄色的尿液，眼看着就要溢出来了，只有靠门的那个似乎还正常。我小心翼翼地靠过去，看到距离不到二十厘米的墙上贴着一张宣传纸，上书"向前一小步，文明一大步"。为了促进社会文明，我又朝前靠了靠。

突然，背后传来急促的脚步声，接着就是一阵冷风直钻后脊梁骨，我还没来得及叫出声，后颈就被重物狠狠击中，瞬间眼前一黑，倒在了肮脏的瓷砖地上。

不知过了多久，我迷迷糊糊地睁开眼，头痛欲裂，浑身沾满了污水。我挣扎着站起来，走到洗手池旁清洗。洗完之后，我摸了摸上下口袋，想找张纸巾，这时才发现手机和车钥匙都不见了，可奇怪的是钱包还在，里面的钱也一分不少。那张记有几个宋毅地址的纸条也还在。

我忍着疼痛走出卫生间，重新回到网吧前台。

"你是简耀吗？"柜台后的那位姑娘突然站了起来，对我喊道。

"嗯？"

“果然是你。刚才有个男的留了封信，说是你待会儿出来的时候给你。”

我接过信封，问：“什么人？你认识吗？”

“不认识。”

“长什么样？”

“个子不高，有些胖，戴着大口罩和墨镜，看不出来长相。”

“把你们的监控调出来我看看。”

见小姑娘有些犹豫，我直接亮明了身份。

“我是警察。”

“麻烦看一下你的警官证。”

“我……”我这才想起警官证上缴了，“今天没带。”

“那不好意思，我们老板说了，只有警察才有权查监控。”

“你最好配合一下，要不然，”我故意看了看那个仍在和自己“老婆”视频调情的未成年人，“我让同事来查。”

小姑娘显然是被我唬住了。她小声地打了个电话，不住点头，直到挂断。

“很抱歉，我没法儿给您看监控。”她态度缓和了不少。

“可是……”

“因为我们监控其实一直没开。”

“没开？”我指指头上的摄像头，“这是做摆设的吗？”

“跟您说实话吧，因为我们这儿经常有未成年人来，老板说干脆把监控关了，这样哪怕有人来查也没视频证据。”

“你们老板倒是挺会做生意的。”

“我们老板还说了，他在警察局有朋友，不怕您举报。”

我干瞪她了一眼，只好转身往电梯走，走到一半，越想越不舒服，又折回来，径直走到那个小男孩身边，趁他不注意，一把夺过他头上的耳麦，冲视频里的“老婆”喊了句：“离婚！”然后在众人瞠目结舌的注视下，大摇大摆离开了网吧。

和网吧浑浊的空气相比，外面简直就是芳草遍地的野外，就连汽车喇叭声都犹如蝉鸣般动听。我用钱和信用卡租来的桑塔纳果然已经不在了，存有各种资料和电话的苹果智能手机也不翼而飞，现在真有一种孤军奋战的感觉。

在阳光下，我打开信封，抽出里面一张折叠着的白纸，摊开，上面有一排打印的字样：

别多管闲事！我会一直盯着你！

我在心里冷笑了两声，然后将要挟信重新收好放进上衣口袋。我向周围扫视了一圈，然后甩开胳膊，大步流星朝前走去。

17 绝境

十九个宋毅并没有走访完。因为在第十三个的时候，我就找到了要找的人。

这个宋毅今年二十七岁，身高大约一米八，英俊潇洒，前不久刚从上海回来。最重要的是，他曾经也是齐天的学生。

宋毅对我的到来一脸疑惑，也不打算招呼我进屋去坐坐。当时是下午四点，他却穿着睡衣，一脸疲倦，隔着铁门与我对话。

“有什么想问的你就问吧。我还有工作没做完。”

“如果你不介意的话，我们进去慢慢谈。”

“对不起，我真的没时间。再说了，你说你是警察，请先出示证件，如果你要搜查，也请出示搜查证。”

我决定单刀直入。

“你最近见过周冰吗？”

“谁？”

“周冰。你不认识吗？”

“哦，我知道你说的是谁了。认识，但很久没见了。”

“是这样的。周冰前天去流产了。”

“流产？”宋毅显得非常吃惊。这时，从里屋走出来一个漂亮的年轻姑娘。

“怎么了？”姑娘问。

“没什么。你先进去。”

“不，我想听听。有什么我不能听的吗？”姑娘双手抱在胸前。

“随便你吧。”他接着对我说，“你跑过来跟我说这个做什么？”

“周冰当时对医生说，你是孩子的父亲，而且，你找了小三，还打了她。”我说这些话的时候，眼睛不由自主看了看那姑娘。她已经气得脸都白了。

“我警告你，不要再胡说八道啊。”宋毅指着我的鼻子，“这是我未婚妻，小心我告你诽谤！”

“对不起，我转述的都是医生的原话。我也知道周冰在撒谎，她是齐天的妻子，孩子也是齐天的，我只是不知道她为什么要这样说，所以才来找你。”

“我他妈也不知道她为什么要这样说。我总共也就跟她见过几次面……”

“什么！”后面那姑娘终于发作了，“你背着我和其他女人约会？”

“不是约会，你误会了。”

“我才没误会呢！好你个宋毅，这才刚和我订婚，就出去拈花惹草，以后日子还怎么过啊！说，那孩子到底是不是你的？”姑娘边说边哭起来。

“真的不是！刚才警察同志也说了，她是齐天的妻子，齐天是我以前的语文老师，我怎么会跟师母做那种事呢，对不对？警察同志，你得把事情说清楚。”

“我可以帮你解释，但你也得把你知道的都告诉我。老实说，我对你的事情并不关心，我是来查齐天的案子的。”

“齐老师怎么了？”

“齐天遇害了。怎么，你不知道这事儿？”

“啊！怎么会呢？我上次还见过他。快请进！”宋毅终于打开了铁门，“其实啊，你要找的周冰并不是……”

突然，屋外猛然拉响了警笛，停在暗处的几辆车同时亮起了车头大灯，顿时把整栋楼照得通亮，车顶也亮起了炫目的警灯。我还没来得及搞清楚状况，就被十几个荷枪实弹的警察给死死围住了。几秒钟之后，他们将仍处于惊愕状态的宋毅扑住，戴上手铐，迅速押解进了警车，然后声势浩大地离去了。

当我反应过来正想阻拦，才发现秦所长和高局长就站在我的身边。秦所长得意地看了看脸色铁青的高局长，然后走到我的身边，重重拍了拍我的肩膀。

“这次干得不错，小简。”

“可是……”

“有什么话明天再说。你先回去，明天一早到所里报道，正式复职。”

“那宋毅他？”

“这你就别操心了，你的任务已经圆满完成。好啦，今晚回去睡个好觉，就这样吧。你们几个，给我进屋搜！”

我彻底傻了，呆在原地不知道如何是好。小区里活动的老人妇女对我指指点点议论着什么，而我的脑子却“嗡嗡”作响，视线开始模糊，耳朵里什么也听不见。

过了没多久，一名干警从屋里出来，手里拎着一个透明塑料袋。

“找到了！”

干警举起手来晃动了一下，里面是一把寒气逼人的斧子，刃口上仿佛依稀能看见红色的血渍。

“拿回去化验！”

秦所长笑着看高局长，说：“您请吧！”

高局长一言不发上了车，秦所长上了另一辆车。众人扬长而去。周围又陷入了黑暗。

大概过了十分钟，我才彻底意识到自己被秦所长玩了。他不过是利用我作为挖掘真凶的工具，真实目的是迅速推翻高局长的糊涂案，好借此打击对方，为自己累积政治资本。

这样看的话，宋毅很可能会成为这场权力斗争的牺牲品。他们极有可能今晚突击审讯宋毅，并很快定案。那么，我之前所做的一切努力均将化作泡影，因为我断定宋毅是被人陷害的。

现在当务之急是找到周冰。她对于整个案子实在是太关键了。作为当事人之一，于情于理她都有责任有义务出来把自己知道的事情交代清楚，否则将会有无辜的人为此承担罪责。

还有，周冰为什么不报警？就我和她接触的几次来看，她似乎对警察有着一种强烈的防御心理，要不是齐天来找我，我根本就不知道她受要挟一事。而这次出了这么大的无头尸案，她又去哪里了？她究竟有什么不愿意面对的事情呢？

我从一开始就不相信她会是凶手。目前来看，很明显杀害王猛、李元、齐天和杜鹃的另有其人。我来做一个假设：如果是李元杀了王猛，然后以为周冰拿了什么关键证物（至于周冰是否持有该证物目前不得而知），对她发出死亡威胁“交，或死”，三天过去了，就在李元要对周冰下毒手的时候，他被杀了，被杀的原因可能是老陈的介入让他背后的组织以为他已经暴露，为了灭口将其杀害。然后这个组织又派人去杀周冰，这个过程中杀死了与周冰同住在一起的齐天和杜鹃，却被周冰意外地逃脱。

目前无法解释的事情是，杀手为什么要嫁祸宋毅？我试着跟早已吓坏了的宋毅的未婚妻聊了聊，但没得到任何有价值的线索，她甚至都没听过周冰这个人。最后，她只说了句“幸好还没结婚”。

从宋毅家出来，我心想还是先赶回所里一趟。人命关天，既然知道他是被陷害的，最起码也得去争取一点时间。

赶到所里已经是一个小时之后了。一进大院，空荡荡的停车场让我心里“咯噔”一下，我急忙冲进了办公楼。从办公室到会议室，再到卫生间，均见不到我的同僚，除了两名正在上网的值班干警外，再也看不到其他人影。

“他们人呢？”

“下班了啊。”

“不是执行任务去了吗？没回来？”

“今天有任务吗？我不知道。”另一个也冲我摇摇头，电脑音箱里不时传来QQ消息的“滴滴”声。

我从他们这儿也问不出什么来，只好进到平时工作的办公室，用桌上的座机拨打秦所长的手机。关机。再拨其他几位同事的手机，也关机。这下我害怕起来。

按照惯例，这种情况通常是抓到了重大嫌疑犯，要安排到局里的机密审讯室审问。这个所谓的机密审讯室我只听说过，但没去过。据说刑讯人员会通过一切手段来让犯罪嫌疑人开口说话，直至低头认罪，一般人是招架不住的。想到这儿，我有一种强烈的罪恶感——都是因为我，宋毅才被抓起来的。

唯一能救他的办法就是以最快的速度找出真凶，可老实说，我目前没有丝毫头绪。我拿出纸和笔，开始凭借自己的记忆将之前调查过的人的名字和特征写下来，但由于丢了手机，我甚至连他们的面目都有些模糊了，虽然这仅仅是一个月内发生的事情。我越着急越想不起来，好像记忆有意在和我作对似的。

我靠坐在一张椅子上，习惯性地将身躯朝后靠，只用两条后椅脚支撑，脚背勾住前方的办公桌下端，以保持平衡。这个动作我从小学读书时就会做，因此水平非常高。但这次我可能过于焦躁，不由自主地扭动了几下身子，脚背一时没勾住，整个身子朝后倒了下去。

当我的后背紧贴椅背重重地撞击在水泥地面的瞬间，我突然获得了灵感，想起了一条极为关键的信息。

宋毅在被抓走之前，有一句话没说完整。

他说："你要找的周冰并不是……"

并不是什么？并不是凶手？不可能，如果他知道凶手是谁，就不会被抓起来了。并不是……并不是什么呢？

并不是……周冰？

这个想法让我头皮发麻。我又进一步往下设想。假如他说的是"你要找的周冰并不是周冰"，那就是说，这个"周冰"很可能是伪装的！那她是谁呢？真的周冰又去哪儿了呢？显然宋毅知道某些答案。当务之急是得赶紧找到宋毅，了解真相，只要搞清楚周冰的真实身份，很多疑惑可能就迎刃而解了。

秦所长的电话打不通。

对，给他发邮件。

我打开邮箱，把案情疑点写了封邮件，发送给了秦所长。在信的结尾，我写下"有重大发现，请让我见宋毅"，并复制了三遍。

现在只能祈祷他能尽快看到邮件。

我不确定现在还能不能信任他，但只有一试，然后等待。煎熬地等待。

大概过了十分钟，我收到了回信。

"半小时内，到城南五号仓库。记住，只有半小时。"

我不顾一切地冲出了派出所。

此刻已经是夜晚十点多。

我刚冲到路中，便感觉一股强光从侧面照了过来，一斜脸，双眼立即被刺得睁不开，我赶忙用手掌捂住。接着，我听到巨大的汽车发动机轰鸣声急速靠近，身体一轻，便飞了起来。在短暂的飞行过程中，我感觉像在做一场难得的春梦，虚幻的意识诱导着大脑，晕眩、杂乱，如同高速运转的电路板，“哗”的烧坏，再后来就一片空白，昏死过去。

我感觉像睡了一大觉，毫无痛感地苏醒过来时，才发现自己身处病房。母亲坐在离病床两米处的椅子上打着瞌睡，旁边的桌上摆放着一只已经削好皮，果肉因长久暴露于空气而呈暗红色的苹果。我轻轻地叫了一声，她醒过来，愣了几秒钟，然后嘴里叫着“医生医生”冲出了病房。她太累了，以至于差点在病房门口摔一个跟头。

医生说我命大，伤得不重，就是还得留院观察几天。我也顾不得养伤，赶紧让母亲帮我联系秦所长，说想见他，有重大线索要提供。母亲反对了几句，但还是照办了。在等待的过程中，我又把案子在脑子里过了一遍，依然确信自己的判断没错。

两天后，秦所长才出现在医院，他先是谴责了那个逃逸的司机，然后又感慨如今世道浇漓，人们法律意识淡薄，居然在派出所门口撞了警察，并拍着胸脯表示一定尽快将肇事者缉拿归案。“你被撞的整个过程都被大门口的监视器拍下来了，我们正在极力寻找肇事车。”他以朋友的身份关心了我的健康状况，最后换上领导的口吻，督促我一出院立即回所里报道，他代表整个警察队伍欢迎我尽早归队。

“实话告诉你吧，”他既神秘又得意地说，“下个月我就调到局里去了。这里面可有你的一份功劳。”

“可是所长，那个案子还没结呢……”

“结了。”

“法院这么快就判了？”

“那倒没有。不过宋毅已经认罪了，是他干的。”

“认罪了？”

“当然。”

“可是……”

“别说了。事情已经结束了。”

“不，没结束。一切都错了。”

“别胡说。特别是……”他将脸凑到我跟前，“在我调任之前，否则……你应该明白我的意思。”

“你刚才说我被撞的过程都被监视器拍下来了？”我小小转换了一下方向。

“是的。”

“如果我没猜错，撞我的应该是一辆车牌号码为‘衡C-20087’的绿色猎豹吉普车吧？”

“这个嘛……是的。”

“那好。我在四天前也曾经被一个人袭击，在新中心的一家名为‘欢乐颂’的网吧。”接着我把自己遇袭以及被恐吓的过程跟他复述了一遍，然后从挂在一旁的衣服口袋里找出那封恐吓信，递给了他。他看了以后表情严肃一言不发。

“所长，其实我也不想耽误你的仕途，但真相难道不是应该高于一切吗？就算你不这么认为吧，那么这样，你再给我一点时间，我把真正的凶手找出来，你拿着这个成绩，照样可以升官。”

“问题是，这个案子现在已经快定案了，如果再折腾一番，恐怕高局长那边……”

“如果你现在办出一个冤案，到时候被翻过来，局面可能更不好收拾。”

秦所长坐在沙发上沉思起来。过了很长时间，他才说：“你觉得你需要多长时间？”

“一个星期。”

“不行。法院三天后就开庭了。这样，我给你三天时间，三天之内你必须要给我一个答案，否则，只能让案子这么定下来。”

“哪怕是一个关乎他人性命的错误？”

“对，哪怕是个错误。”

“好吧。既然你不愿意改正这个错误，那么我只有竭尽全力去避免错误的发生。我有一个要求。”

“说吧。”

“为了工作需要，请你即刻复我的职。”

“你不说我也会这么做的。”他从包里掏出我的警官证，“给，好好干。”

“谢谢。”我看了看警官证上自己青涩的照片，将警官证小心翼翼地塞进口袋。

“还有，我要见宋毅。”

“这不好办。高局长那边看得紧。”

“我……”

“三天时间，”秦所长有些不耐烦了，“已经没有条件可以讲了。

如果我是你，身体没什么问题的话就赶紧去查案。对了，你可以去找老陈，他没准儿能帮上忙。”

秦所长刚走，我就不顾医生和母亲的反对办理了出院手续。

我打听了一圈，确实没人知道宋毅被关在哪儿。找了很多地方，也没有一丝周冰的踪迹。事情再次陷入僵局。眼看着一天时间已经过去，三天期限将近，我却离真相越发遥远，内心不免像糟糕的交通情况一般又堵又闹。走在街上，天色已晚，行人彷徨，霓虹绚烂。

终于，我再也忍不住，蹲在路边哭了起来。

也不知道哭了多久，突然听到身后响起了一个熟悉的声音。

“一个大男人哭你妈个逼啊哭，傻屌！”

回过头，看见老陈一脸不屑地看着我。

18 转机

原来老陈这段时间一直没闲着，自从周冰消失以后，他就一直在查她的背景。资料显示，周冰从三年前到回来之前都是在深圳度过的。为了进一步调查，老陈决定飞一趟深圳。

他在深圳公安局调出了周冰的档案。档案显示，她从十八岁开始在当地一家大型服装厂做了几年女工。后来她还做过餐馆服务员、酒吧服务生、保姆等工作，直到三年前，她离开深圳，回到本地，做了公交大巴司机，这一切都有身份证记录。

"我去那家屌服装厂调查过了，看她档案总觉得不太对劲，后来被我一吓，他们屌负责人才说了实话，原来她十六岁就在那里工作了，那厂子用未成年，害怕被查，给职工虚报年龄。"老陈吸了一口烟。

"你说她为什么回来呢？"我问。

"这个谁知道，混不下去了吧，你看她干的这些屌工作，这女人也够惨的。"老陈难得地叹了口气，"可惜了一美女。"

“美女，你在说谁呢？”

“周冰啊！你看，这是她十几岁时候的照片，长得不错吧。”

老陈将手中的一张彩色打印纸递给我，我接过来一看，顿时目瞪口呆。

竟然是她！

十年前，那个在水库里赤身游泳的女孩，那张干净无邪的脸庞，那个沉入水底的永恒瞬间，一切的一切与照片上的这个女孩重叠了。我居然犯了一个这么大的错误。果然如我所想，宋毅想说的话正是“周冰并不是周冰”，而是这个女孩。这个曾经在我眼前沉下去的女孩并没有死。积压在我心头多年的负罪感瞬间消失了，取而代之的是更深层的困惑。她是谁？为什么要假扮成周冰？真正的周冰确有其人吗？这几起凶杀案到底和她有没有关系？

我把我的困惑告诉了老陈。他沉思片刻，说：“那现在我们侦破的重点要发生一下变化了。”

“变化？”

“是的，一切的犯罪都有动机，找到动机就能破案。从现在的信息来看，我们要找到的是这个自称是周冰的人，以及她的目的。”

“怎么查呢？”

“让我们回到十年前，看看当时到底发生了什么。”

第二天一早，我们去了“周冰”曾经就读的学校。

在学校资料库，我们找到了当年的校友录。原来，所谓的“周冰”其实叫胡婷婷。那时她稚气未脱，面容秀丽，像个天使。不仅如此，我们在当年的毕业照里，还得到了其他信息。真的周冰就站在胡婷婷旁边，笑得很灿烂，而她正是那天在水库边上对我呼救的胖女孩。死者王猛站在最后排，一副吊儿郎当的样子。死者齐天坐在前排中央的位置，样貌端正，和蔼可亲。四个人，四张面孔，浮现在这张照片上，形成一幅命运无常的画，令人唏嘘。

一连串的问题随之而来。她们之间到底发生了什么？真正的周冰去哪儿了？

我和老陈先去了县公安局，翻查十年前那个夏天发生的所有卷宗。没有收获。接着，我们又去了档案馆，把当年那几个月的所有报纸都查了一遍，看看有没有值得关注的新闻。

时间过得很快，又一天过去了。离最后的期限只剩下一天。

终于，在接近档案馆关门的时刻，老陈突然兴奋地叫起来，指着一张报纸对我说：

“快看这里！”

报纸上显示这样一则消息：2006年8月13号，本县发生了一起重大意外事故。主管本县环保工作的副县长胡自立和妻子因家中失火不幸遇难，十五岁的女儿胡婷婷不知所踪。

与此同时，我注意到：那年的8月20日，也就是副县长家失火的一星期后，杰明化工厂成立了。而这家化工厂在成立之前，数次审批都没有通过。

“一个主管环保的副县长被烧死，一家大型的化工厂随后就成立了。难道说这里面存在着因果关系？”

“你个傻屌终于进步了。”

老陈哈哈大笑，露出一排被香烟熏黄的牙。

“现在还有一个疑团要解开。”

“什么？”

“老陈，你还记得十年前在红旗水库发生的溺水事件吗？”

“十年前，当然记得，那时候我可威风了……”

“当然，我见识过，我当时就在现场。”

“哦？”

“你肯定还记得当时岸上停着一具男尸吧？其实在前一天，我明明看见是一个女孩溺水了，那个女孩就是胡婷婷。”

“我明白你的意思了。看来我们还有人要去拜访。”

我们去拜会了十年前丧子的那对老人。当年水库边的男尸名叫张勇，他的父母因为在抢尸事件中得到老陈的帮助，一直跟老陈保持着联系。

“我儿子死的时候才十八岁啊。我就他这一个儿子。”老母亲说道，“你们都不知道我们这些年是怎么过来的。不过想想，也许这就是他的命吧。”

“为什么这么说？”

“说出来不怕你们笑话，他自从五岁那年摔了一跤之后，就不正常了，所以我老觉得他迟早有一天会出事。”

“怎么个不正常？”

“有点……有点不知羞耻。”

我和老陈对视了一下。

"那段时间，他总是不穿衣服，在外面套件风衣就出门，看见女孩就……我都不好意思说出口。总之，外面的人都叫他淫癫子。"

"那您还记得他没回家的那天，出门之前有什么不对劲的地方吗？"

"他一直不对劲。唉，都是我们的错，没照看好他。"

"您先别忙着自责。请仔细回忆一下，那天，他出门前有没有说过什么？"

"我想想。"

等了大约五分钟，就在我们打算放弃的时候，老人家突然想起了什么。

"噢，有，他说自己要去找爱情了。"

"爱情？"

"对，他那段时间老嘀咕自己找到爱情了，我们想他可能惦记上谁家姑娘了，一直劝他别乱想。"

"他还说什么了？"

"他还说，有个叔叔告诉他，他的爱情在红旗水库，对，他就是这么说的。我当时没在意，第二天听人说水库出事了才想起来，但已经晚了。"

"有个叔叔？他有说叫什么吗？"

"这倒没有。"

"知道了。非常感谢。"老陈拉着我站起身来向二老告别。离开之前，我看见老陈偷偷塞给了老人一叠钱。

我们把访问的最后一站定为杰明化工厂。

这天是星期六，化工厂放假，而古杰明和他助理的电话一直打不通。但我们仍直奔厂里——留给我们的时间已经不多了。

进厂之前，我们查看了一下工厂的排污口，黏稠的污水顺着管道流入了一旁的河道，周围已经寸草不生，几条发臭的死鱼暴露在空气中，散发着绝望的气息。

大门没有上锁。

将车停在办公大楼前，我们下了车。

没有一个保安。这里就像被废弃了一般。

通过长长的走廊。幽深，诡异，如同迷宫。

我感到一丝恐惧，于是拔出了配枪。正欲往前，老陈一把拉住我，从我手上夺过枪，然后一步抢在我前面。

“跟在我后面。”他用毋庸置疑的口吻说道。

于是，我们一前一后朝前挪动。老陈行动矫健，一点也看不出老态；反倒是我毫无经验，好几次踩到了老陈的脚后跟。

终于我们来到了古杰明的办公室门口。

门关着。老陈轻轻扭了一下门把手，锁住了。他往后退了几步，看看我，头一歪。

我瞬间领悟了他的意图，微微下蹲，略沉肩，侧身，鼓足一口气，腿一蹬，猛地冲过去，用尽全身力气撞向大门。

“嘭！”

门被撞开了，出于惯性，我没收住，整个人跌倒在地上。这一跤摔得不轻，侧脸差点撞上地板。然而，当我定神一瞧，发现自己的脸正对着一张惨白的瘦脸，眼珠瞪得老大，嘴角有白沫——一张死人的脸。

是刘俊，古杰明的秘书。

接着，我听见老陈的叫喊声，急忙爬起来。老陈举着枪，指着办公桌后面的老板椅。古杰明躺在椅子上，眼睛紧闭，满嘴白沫，显然已经断了气。他那颗炫目的光头也失去了往日的光泽，几只苍蝇时而停留在上面，时而飞走，好像那是一块小型的停机坪。

在他面前的办公桌上，两杯咖啡已经冷却。桌子的中央摆放着一枚象棋——正是王猛的象棋盒里遗失的那枚鲜红色的“炮”。

经检验，两人均死于中毒，毒来自那两杯咖啡。有意思的是，法医从咖啡里提取出的毒素，与从化工厂排污管里提取出来的为同一物质——氟乙酸甲酯。

我很快从那枚象棋中发现了秘密。

原来，那枚象棋可以拧开，中间已经被挖空了，藏着一个微型U盘。U盘里有三个文件夹，一个名为“污染”，一个名为“账单”，最后一个名为“认罪书”。

打开前一个文件夹，里面储存着杰明化工厂的大量污染数据。由化工厂排入当地河里的污水，经过地下水、河流，最终进入千家万户。权威数据检测，本地的水源重金属含量严重超标，饮用后，轻则不孕不育，重则致癌，甚至遗毒下一代。在这个文件夹的末尾，有一篇饱含深情、字字泣血的控诉书，作者正是王猛。他作为一名科研工作者，一个在此地土生土长的居民，对目前的污染现状痛心疾首。他控诉有关部门的不作为，控诉无良企业的毒害，同时呼吁早点关停不法企业，还乡亲一个干净而安全的家乡。

而在“账本”文件夹里，我们看到了一个电子日记本，署名李元。里面记录了这十年来，他所有收入的名录以及用途。原来，十年前，古杰明因为申请几番通不过，于是试图贿赂时任副县长的胡自立，遭到拒绝后，怀恨在心，不仅让李元唆使张勇去猥亵其女胡婷婷，失败之后，还放火烧死了胡及其妻子。三个月前，他们发现王猛正在调查污染事件并收集了大量证据，于是对他下了毒手。他们将王猛约出来，刘俊和李元一个从背后勒脖子，一个行刺，协作将他杀死，弃尸小河边。接着，又对周冰发出死亡威胁，甚至连为了杀周冰而意外杀了齐天和杜鹃的事情也被写入了日记账单中。

现在一切都很明显了。这个U盘正是王猛生前留下的重要证物，也是导致他丧命的真正原因。现在最大的疑点是，里面为什么会有李元的“账本”？按照逻辑，它记录的都是王猛死后的事情。显然是某人拿了这个U盘，然后进入李元的电脑拷走了这个“账本”。

最后我们打开了那封“认罪书”。“认罪书”署名为古杰明，上面以第一人称的口吻一一反省了自己多年来所犯的罪孽，包括杀死自己多年的好兄弟李元。信中他痛骂自己“猪狗不如”，愧对自己的老母，愧对自己多年强调的“仁义孝顺”的价值观，因此，决定携助手刘俊以死谢罪，望大家成全，不要伤害无辜。他公布了自己的银行账号和密码，决心用所有的钱成立一个基金会，帮助所有因污染而惨遭不幸的家庭和个人。工厂也从此关停、贱卖，不再祸害人间。“我是一个千古罪人，不求原谅，只求大家唾骂我吧，让我永世不可超生。”他在结尾这样写道。

老实说，我一点儿也不相信这封信的真实性。以我对古杰明的认识，他不可能自杀，更不可能谢罪，这信显然是有人捏造的。信里唯一可以相信的一点是，李元是被古杰明灭口的。

老陈对此也认可，至于谁是真凶，除了消失的胡婷婷，我们想不出还有谁会干这事儿。十年前，古杰明害得她家破人亡，于是她隐姓埋名，假装成周冰重新回来，只有一个目的，就是报仇。齐天和杜鹃应该是个意外，但既然成了她复仇路上的绊脚石，直接除掉也是可以理解的。只是宋毅，我们想不明白，为什么他会差点成了替死鬼？

说“差点”，是因为古杰明的死以及他的认罪书直接让宋毅获得了自由身。目前的证据显示，一切都是古杰明做的，跟宋毅无关。只不过这些日子，他在拘留所里受的苦值得他回味一辈子。

至于那辆车牌为“衡C-20087”的绿色猎豹吉普车，也在工厂后面一个废弃的厂房里找到了。

案子最终就这样定案了。秦所长对此很满意，也凭此升迁到了县局做副局长，春风得意的他离开之前请所里的同事吃了顿饭，可惜当时老陈已经退休，而我也早已辞职，没有见到那场“盛况”。

对于胡婷婷，我的心里始终纠结着一个谜团，并且随着她的消失，这个谜团在我内心深处如雪球般越滚越大，甚至开始压迫起神经来。我整夜整夜地失眠，胃口也越来越差，直至最后做什么吃什么玩什么均觉索然无味。

我的体重下降得很快，短短半个月时间，便从之前的七十公斤降到了五十八公斤，甚至有时候走起路来都觉得轻飘飘的。我知道自己病了，也去医院检查过，但医生也说不出个所以然来，只是开了一堆中药让我调理。

于是，母亲开始忙碌起来了。她看各种养生的书籍和电视节目，咨询各类略懂中医的朋友，并且买了一个瓦罐，不间断地熬起药来。从那时起，房间里始终弥漫着中药的味道，即便把门窗全部打开，也无法让新鲜的空气渗透进来。

我没有任何反对的力量和想法，母亲送来几碗我就喝几碗。开始还厌恶那种苦味，捏着鼻子强行灌，多了以后逐渐也习以为常，有时甚至能从苦涩中喝出香味来。

从派出所辞职后我去报了一个厨师班，主习川菜，也算是继承父业。说来奇怪，无论我心境有多聒噪，当灶火被点燃的那一刻，我总能迅速集中精力，使内心平复如水，就像被那跳跃的火苗催眠了一般。于是我拼命地做菜，一个接一个地做，很多时候，我宁愿看着火焰发愣，也不愿意将它熄灭，直到有一次差点把整个厨房点燃。

不上课的时候，我会上街漫无目的地转悠，表面上安慰自己只是无聊罢了，而内心还是渴望能撞见胡婷婷。每一个体形硕大的女人在我面前出现都会让我一阵激动，而看清真相后，又会失望到极致。我时常觉得胡婷婷可能已经离开这个地方，但又不愿意承认这样的事情真的会发生。

有些事情的答案，只有面对胡婷婷本人才能破解。我想知道的是，十年前的那个下午，在我逃离之后，究竟发生了什么？为什么我当时明明看到那位胡婷婷沉入水底，而后躺在岸边的却是张勇的尸体？齐天和杜鹃是谁杀的？古杰明和刘俊的死到底是谋杀还是自杀？为什么要陷害宋毅？

一连串的疑问就像一层层迎面扑来的潮水，将徘徊在真相岸边礁石上的我淋得透湿。我在受尽伤风感冒折磨后的第三天终于醒悟，要尽自己的一切努力，搞清真相，否则我一辈子都无法释怀。

我找到老陈——他正忙于孩子的婚事，对真相已经无所谓了。

我们在一起喝了一顿酒，聊了一些无关痛痒的事情。后来，我俩都喝醉了。我拉着他的手，真诚地告诉他，你就是我最好的朋友。老陈打着酒嗝儿，说："友谊这种东西如果要经得起考验，就看能为对方无条件付出多少。"

我突然有所醒悟，问老陈："今天是什么日子？"

老陈微微一笑，说："8月12日。明天我儿子结婚，你要不要来参加？"

我说："我要先去一个地方，希望能赶得回来。"

老陈说："别忘了准备红包。"

我说："一定一定。"

说着，我们俩又狠狠地干了一杯。

19 红旗水库

8月13日。

昨夜又是一个无法入眠的夜晚。

今天一早我便起了床，心不在焉地看了会儿早报，喝了杯速溶咖啡，然后问我妈借了辆自行车出门了。早上的阳光实在是好，在它的照耀下，世间的一切都是美的。我骑着自行车前行，路过世纪大道，路过中心广场，沿着城外小河，上了国道。一个小时后，我来到山脚下，将自行车锁在路边，然后徒步往山上的红旗水库爬去，直到上衣被汗水完全浸透，这才到达水库旁边。

水面波光粼粼，风平浪静。

这里根本没有她的身影。也许我判断错了，她已经走了，不会再回来。

就在我失望至极准备离开的时候，突然，水面出现了波澜。紧接着，我看见一个肥胖的身躯从水底冒出，像一条大马哈鱼，欢快地遨游着。

是她！

我站到当年那个胖女孩所站的位置，看着她在水里游了将近半小时，才逐渐靠岸。她从水里走上来，穿着一件连体游泳衣，身上的赘肉从泳衣侧面的缝隙挤了出来，在这些白花花的肉上，粘着无数晶莹剔透的水珠。

她看到我一点也不惊讶，只是微微一笑，然后走到我身后不远处的大石头后面，拿出一块白毛巾裹在身上。

“没想到是你。你们警察真是没完没了。”她说话的时候依然保持着笑容。

“我已经不做警察了。”

“哦？”她若有所思地上下打量我，“那你来做什么？”

“解开疑问。”

“你这人真有意思。说吧，想知道什么？我今天心情好。”说完，她又笑了起来。

这样的她我倒是第一次见。

“我就想问，十年前的今天到底发生了什么事情？为什么明明是你溺水了，最后留下的却是一具男人的尸体？”

“噢。”她恍然大悟，“原来你当时在场啊。”

“是的。这下你该说出真相了吧。”我故意顿了顿，才说出那个名字：“胡婷婷。我没叫错吧？”

“呵，被你查出来了。不过也无所谓，要是你昨天这样叫，我还不能回答你，因为我那时还是周冰，不过现在我可以回答你，没错，我就是胡婷婷。”

“你居然冒充了周冰十年。”

“不是冒充，是偿还。”

十年前。

胡婷婷赤身裸体在水里游着，心想，是时候给周冰一个惊喜了。她一直想在毕业后送给周冰一份礼物。前一天，胡婷婷打碎自己的储蓄罐，买了一根珍珠手链准备送给周冰。刚刚脱衣服的时候，她将手链偷偷拽在手里，然后下了水。她的小计划是，自己假装在水里“捡”到了一串珍珠，然后将这份“天意所赐”送给周冰。

然而，就在胡婷婷准备将紧拽珍珠手链的手举出水面时，突然，她感觉有什么东西在摸自己的大腿。她猛地一惊，顺势躲开了。水面上什么也没有。周冰仍躺在岸边。胡婷婷以为是自己的幻觉，刚想松一口气，屁股又被袭击了一下。

是手！

这下她反应过来了，有人在水下摸自己！她害怕极了，奋力往岸边游去。但刚游了几米，脚踝就被抓住了。她用力蹬腿，企图摆脱，却无奈力气太小，根本没用。眼看着自己被慢慢拖入水中，一种求生的本能迫使她开始发了疯似的挣扎。终于，她一脚蹬到了对方的头部。他（或它）松开了手。

这时，她已经筋疲力尽了。她就这样在水面漂了十几秒钟，等到稍微恢复一点气力，她调整身体，用尽所有的力气对岸上的周冰喊了句：“救命！”

周冰明显听见了，但没什么反应，甚至还笑了起来。胡婷婷这才想起自己之前开的那个玩笑——一个“狼来了”的玩笑。周冰肯定以为这次也是个玩笑。她开始感到绝望，因为她意识到，那个水中的恶魔正再次靠近。

这次，“恶魔”抱住了胡婷婷的腰，用手揉捏她的乳房。她已经无力抵抗，只能任凭凌辱。水和泥沙涌进了她的鼻腔和嘴里，她的意识逐渐空白，开始无法呼吸。

这时，她下意识地感觉手中什么东西掉了，伸手去抓，没抓住。是什么呢？是什么呢？是珍珠项链！这个想法救了她的命。她又在瞬间恢复了求生欲望。她拼了命地去够那串项链，与此同时，她挣脱开了“恶魔”之手。

“砰！”

她听到了什么庞然大物落水的声音。

是周冰。她想。

来不及多想，她死命朝前游。前面就靠岸了，还差一点，快了，近了。她“哗”地一下冲出水面，往岸上跑去，刚跑了两步，就眼前一黑，栽倒在地上。

“后来呢？”我问。

“后来也不知道过了多久，我醒来了。”胡婷婷说，“我看见水面上漂着……”

“什么？”

“一具尸体，是个男的，赤身裸体，脸朝上，我仔细认了一下，是那个淫癫子。”

“那周冰呢？”

“周冰为了救我，和那个癫子同归于尽了。”

“你怎么确认她死了，她的尸体呢？”

“我找了很久也没找到尸体。”胡婷婷答非所问，“我很伤心，哭了很长时间，最好的朋友为我而死，但我却束手无策。”

“所以你这十年来假扮周冰是为了……”

“为了还债。”

“哦？”

“前面说了，她因为我，生命终止在了十六岁，这是我欠她的。因为我们是最好的朋友，她能为我牺牲，我也能为她付出。而且我们有个十年之约，到今天为止，整整十年，这笔债我终于还清了。”

“这就是真相？”我冷冷地说。

“没错！”她喃喃道，“你知道我为了变成她吃了多少苦吗？我去了深圳，从最底层的工作做起；我为了在外形上也接近她，毫不节制地吃喝，打扮上也尽量模仿她，有时候觉得自己幼稚，想放弃，但想到周冰为我而死，就咬牙坚持了下来……

“回来后我为了嫁给她读书时曾经暗恋的语文老师齐天，你知道我做了多少下贱的事情吗？我竟然成了他和那个贱人传宗接代的工具！这两个畜生真是死不足惜……”

“所以是你杀了齐天和杜鹃？”

“胡说！那天有人来杀我，被我躲过一劫……”

“你有没有想过，为什么你当时明明在屋里，杀手的目标是你，却只杀了齐天和杜鹃，偏偏放过了你呢？”

胡婷婷身体明显颤抖了一下。

“别紧张，这个案子已经结束了，我现在也不是警察。”

“不管怎么样，那两个畜生死了，我得感谢这个凶手，替我——噢，不，是替周冰讨回了公道。他们折磨的是我的身体，摧残的却是周冰的灵魂。这点绝对不可饶恕。”

“好吧，我们暂时把这件事放一旁。你入戏太深，让我这个局外人来帮你梳理吧。”

胡婷婷看着我，露出不解的神情。

“十年前，当你回到家时，发现自己的父母被烧死，你为什么没报警，而是跑到深圳去当打工妹？”

她不言不语。

“你冒充了周冰那么多年，完全可以不回来，在外面继续冒充。十年一过去，你就可以恢复你所谓的自己，何必要回来呢？”

“那是因为……”

“因为周冰曾经喜欢齐天，所以你要嫁给他帮周冰圆梦？太扯了！显然你回来是有目的的。”

胡婷婷脸上表情极为复杂。

“你其实不是为了赎罪，而是，复仇。”这两个字一出，我隐约看见了她眼中的火焰，“十年前，李元唆使淫癫子侮辱你，并且放火把你父母烧死。你当时或许看到了什么，也许是受到了生命的威胁，你没有选择报警，而是逃跑。但复仇的火苗已经在你心里种下。我承认这么些年你受了很多苦，要是没有复仇的执念支撑你，我相信你早已经崩溃了。”

胡婷婷开始哭起来。

“你借着周冰的身份回到这里，以齐天妻子的身份作掩护，暗地里调查当年杀害你父母的凶手。我相信你应该早猜到是古杰明，因为当年他为了办厂，想行贿你父亲，可没少去你家，你可能见过他。这时你遇到了王猛，当年喜欢你的男同学，他一眼就认出了你，于是你乞求他帮你。他的确是个正义之士，而且正好在调查化工厂污染事件。他可能建议你不要以牙还牙，而是通过法律的方式扳倒古杰明，很可惜，就在快要接近真相的时候，他被李元杀了。”

“不要再说了。”

“而恰好这时，你陷入了齐天和杜鹃所编织的噩梦之中。你孤立、无望，于是向我求助。我犯了一个大错误，晚了一步，没来得及救你，也导致了齐天和杜鹃的死亡。”

“没错，齐天和杜鹃是我杀的。我恨死他俩了，所以我就找机会杀了他们。”

“还砍下了他们的头？”

“那是他们活该！”

“哈，你还真能演。如果你真有本事杀他俩，还会被他们困住？”

“真是我杀的。”

“不，你只是帮凶而已。凶手另有其人。”

“你这人有妄想症吧！没有别人，就我一个。”

“行，你不承认也罢。我们接着往后说，你为什么要陷害宋毅？”

“纯粹报复。”

“报复？”

“他曾经是我的初恋男友。我被齐天囚禁的时候曾向他求助，他竟然弃我于不顾，让我落入那个黑暗的深渊。这不可原谅。”

“原来是这样。但他罪不至死。所以你选择在最后关头，把罪名全推到了古杰明身上，一来可以报仇，二也算是解救了宋毅。”

“让他吃点苦头就可以了。”

“那这么说来，你承认古杰明和刘俊是被你下毒杀死的，而非自杀。”

“当然，我在他们工厂里猫了一天，终于找到机会，在他们的咖啡里掺入了氟乙酸甲酯。没错，这玩意儿就是从他们工厂的排污管道里提炼出来的。够讽刺吧。”

“这也是你一个人干的？”

“当然，没有其他人。”

“也就是说，你打算承担所有的罪名了？”

“我不懂你在说什么。你又不是警察。”

“十年了，你借用周冰的身份活着，找工作、结婚、看病、买火车票，竟然没有一处识破你的假身份，只有一种可能：你用的身份证是真的。你需要做的只不过是把自己的样子与身份证上的照片变得近似就够了。”

“周冰死的时候衣服留在岸上，我拿了她的身份证。”

“你别着急解释，越解释越糟糕。我去查了一下，周冰的身份证曾经在十年前补办过一次，也就是说，只要身份证本人不主张废除，那么就会有两张同样的身份证同时在使用。”

胡婷婷又沉默了。

“还记得那次同学会吗？我跟踪齐天去了KTV，你猜我看见谁了？”

“说吧。”

“我看见周冰了。”

“不可能，那天我不舒服，根本就没去。”

“我没说你。我说我看见周冰，而你是胡婷婷。”

“胡说八道，周冰早死了。”

“毕竟那时候你们已经十六岁了，样貌已经定型。就算变化再大，经历时间再长，同学们也不可能认不出来。然而，那天显然没有人对周冰的样貌有异议。因此只有一种可能，那天去的很可能是真的周冰。”

“要真像你这么说，那可能是周冰的鬼魂吧。”

“都到这一步了，你还要演到什么时候？如果我没猜错，今天她一定会出现，对吗？”

“我懒得理你。你愿意在这儿等就等吧，我要走了。”

胡婷婷拿下白毛巾，穿上外套，正准备走。

这时，我听到了一个声音。

我相信胡婷婷也听见了，她停住脚步，怔在原地。

“婷婷。”

一个人从石堆背后的阴影中走了出来。

20 最好的朋友

我叫周冰，性别女，今年二十六岁。

事情还得从十年前说起。那一年，我十六岁，初中刚毕业，还是一个什么都不懂的女孩。我有一个好朋友，叫胡婷婷，当然，“朋友”两个字要打引号，因为在我内心深处，并不愿意仅仅只把她当作……朋友。

我们一起上学，一起吃饭，一起做作业，有时候还一起睡觉。她长得漂亮、柔弱，让人很有保护欲望。而我，又肥又丑，一脸蠢样。

大家请有点耐心，让我把想讲的讲完，这些非常重要，否则你们根本无法理解我为什么会做出后来的那些事。

怎么说呢，有件事情我一直想不明白，那就是为什么她，胡婷婷，一个家境优渥、成绩优异、美如女神的女孩会跟我这样一个不起眼的人做朋友。她给我带好吃的糕点，跟我分享她的暗恋秘密，甚至还主动留我在她家住宿。她对我太好了，好得让我受宠若惊，如同被女王眷顾了一般。

她在我面前有时候确实任性得像一位高高在上的女王。走在路上我帮她拿包，吃饭的时候她把不爱吃的肥肉全倒在我的碗里，睡觉的时候我得等她先睡着才能入睡，而且在任何时候，只要她一个电话，无论我在做什么都得立即赶过去，否则她就会生气好几天不理我，怎么道歉也没用，直到她气消了主动来找我。

对于这一切，我其实一点意见也没有。我父母早死，靠奶奶拉扯大，长得又难看，从小到大都没有朋友。我真的很孤独，因此，对于这份珍贵的“友谊”，我看得比什么都要重。

“友谊”，我在提到这个词的时候，再次需要用上引号。为什么呢？因为过了很久我才意识到，我对胡婷婷的情感并不是友谊，而是……我有点羞于启齿。好吧，事到如今已经没有什么可隐瞒的了，没错，是，爱情。

我知道，你们听到这个词有点惊讶，不仅你们，就连我自己也很吃惊。但事实就是如此。很多年后，当我发现自己对任何男人都提不起兴趣，对婷婷的思念和爱意就愈发浓烈了。这是后话。

记得有一天晚上，我去婷婷家补习功课，结束后被她留宿过夜。那是一个冬夜，非常冷，我们挤在被窝里聊天。开始，我们谈论了一会儿宋毅，她暗恋的那个男孩，都是些老生常谈。后来，她缩在我怀里，仰面问我有没有喜欢的对象。那一刻她的脸离我非常近，我能清楚地看见她细长的睫毛、嫩白的皮肤和湿润的嘴唇。我心里一阵慌乱，连忙说没有。她表示不相信，说每一个女孩都会有喜欢的人，责备我对她不够坦诚，生气地把身子转过去，背对着我。我知道自己又惹她生气了，赶忙随口编了一个名字：齐天。我说，我喜欢齐天，我们的班主任。

婷婷果然相信了，重新转过身来，一边咯吱我一边取笑，没想到啊，你口味还挺特别，搞师生恋。我没法解释，只能顺着她的意愿嬉笑打闹。

后来，婷婷在我怀里睡着了。在她闭上眼睛之后，我终于可以肆无忌惮地看她了。也不知道为什么，整个夜晚我都有一丝冲动，想吻一吻婷婷的嘴唇，这个冲动狠狠地折磨着我，让我怎么也睡不着。我极力控制，但终究还是抵挡不住那份诱惑，趁着她沉浸在睡梦中无法知觉，我浅尝辄止地碰了碰那个红色的禁区。

各位，非常抱歉耽误大家的时间，听我说这些貌似与本案无关的话，但对于我来说，这些比所谓的案件本身更加重要，如果我再不说，恐怕就没有机会了。

好吧，回到那个夏天的红旗水库。

那一天，我们骑车去水库，爬山，路上还发生了一点小争执，然后我们抵达了目的地。

在水库边，婷婷脱光了衣服，下水游泳。那是我第一次看到她的身体，年轻而美好的身体，让我目眩神迷。可惜我不会游泳，无法下水，只能在岸边欣赏这一世间美景。婷婷假装溺水时，真是急坏我了，恨不得立即跳下水去救她，直到她笑着从水里冒出头来，我才放下悬着的心。

我在岸边躺了会儿，也许是太舒服了，不小心就睡了过去。等我再次醒来，水面平静如镜，我找了好一会儿才看见婷婷。接着，就发生了意外。

当时我的第一反应是，她又在开玩笑。不过看了一会儿，越发觉得像是真的溺水，于是我拼命呼救起来。我看见水库另一侧的树丛里有人影晃动，也顾不得想太多，高举双手喊救命，希望那人能帮帮我，帮帮在水里挣扎的婷婷。然而，我却看到两条人影像旋风一样逃离了。现在我知道了，其中一个见死不救的人，就是已经辞职的简耀警官。

眼看着婷婷就快要不行了，我别无选择。我脱掉衣物，朝后退了几步，鼓起勇气，跳下了水。

刚一入水，我就发现自己完全失去了控制，水直往我鼻腔里灌，脑子一片空白。我用力扑腾双臂，两腿乱蹬，凭着生存的本能，居然没有让身体沉下去，而是往前游动了几米。在那一瞬间我猛然恢复了意识，一个强大的信念在我心中爆炸：我要救婷婷，哪怕替她去死。

接着，我就看到了她，还有一个男人，正拖住她的腿。我已经来不及思考，只能尽最大的力量，朝那个男人扑过去。我抱住他的腰，不要命地将他拽离婷婷，那一刻，我根本什么也来不及想，只是一根筋地使劲拉。

终于，那男人被我拽开。我下意识地把他往下摁，自己的头朝上挺，借着力把头探出了水面。我疯狂地呼吸空气，同时感觉到他想上来，于是用膝盖抵住他的胸，把他死死地按在水中。

我的体重帮了大忙。我胜利了。他不再挣扎，而我也累得筋疲力尽。最终，我在水里耗尽了最后一丝力气，昏死过去。

接下来发生了什么我就完全不知道了。

等我再次醒来，已经是深夜了。我发现自己睡在一个小土屋里，一个农妇正在用土灶烧菜。后经她解释，是她丈夫救了我。当时我漂在水上，她丈夫在打鱼，正好撞见，于是下水救了我。

那里是红旗水库中央的一个小岛，出入都得靠船。等到第二天，我匆匆忙忙地赶回县城，家也没回，直接去了婷婷家。非常意外的是，她家被烧得只剩下一堆黑色的废墟。婷婷消失了。

记得那天我的心情跌到谷底。天空突然下起瓢泼大雨，我甚至都懒得躲，就让雨这么淋着。我失魂落魄地回到家，迎来的却是奶奶一顿劈头盖脸的责骂，说我一晚上不回家，差点把她急出病。

没过多久，奶奶去世了。没有了依靠，我只能去东北投靠远房亲戚，这一走就是十年。十年来，我心里一直有个愿望，8月13日这天，来履行我和婷婷曾经的十年之约。

前面说过了，我一直没有处对象。我对男人提不起兴趣，也没有胆量去接触女人，就这么让自己霉着。为了能有点事儿做，我去学了跆拳道，没想到很快就找到了乐趣，无处发泄的精力得到了释放。我疯狂地练习，身上的肥肉开始转化成肌肉，健壮得像一头牛，成了别人眼中的“高手”，并做了一名女子跆拳道教练。

就这样，一晃十年过去了。大概在三个月前，我收到一封邮件，是我的初中同学王猛发来的。他说自己意外得到了我的E-mail，很高兴，邀请我回来参加同学会。信的末尾，他神秘地说，将在同学会上给我一个巨大的惊喜。

我自然很兴奋。首先，我已经十年没有回到这里了，其次，我隐约感觉到，王猛所说的巨大惊喜很可能跟婷婷有关。因此，在同学会的前一天，我义无反顾地回到了这里。

到达这里的当天我就获知了一个惊人的消息：王猛被谋杀了。我感觉自己就像一个排队买票的旅客，等了一宿，好不容易排到窗口，却告诉我票已经售空。我只剩唯一的希望，去同学会碰碰运气。

第二天去了同学会，由于我的外形样貌变化不大，很多同学一眼就认出了我。我仔细找了找，并没有看到婷婷。就在我以为会空手而归的时候，却得到了一个万分惊人的信息：我结婚了！而且丈夫居然是齐天！

我判断其中定有诡异，于是趁齐天到来之前，迅速离开了同学会现场。事后，我查到了齐天的家庭地址，稍微乔装打扮了一番，前去探访。

那是一个让我毕生难忘的傍晚。我清楚地记得，当我走进小区大门的时候，一眼就看见了她，我心爱的婷婷。那一幕实在是太震惊了：胡婷婷，胖得如同十年前的我，戴着与我当年类似的眼镜，拖着肥硕的身躯，在小区内的路上狂奔狂叫，像个疯子。而齐天，紧紧地追在她后面，一边试图抓住她，一边不停向周围人道歉，说婷婷脑子有毛病。最终，他抓住了婷婷，并用一块白手帕捂住了她的嘴。

为了搞清楚真相，我租下了齐天家楼下的房子——恰好那家房主在出租。这房子的卧室和齐天家的卧室只隔了一个天花板，而且隔音效果并不好，我时常拿一把人字梯，爬到天花板的位置，将耳朵靠近，就能听清楚他们说的话。经过几天的偷听，我彻底搞清楚了状况。原来婷婷一直以我的身份活着，而齐天这个畜生联合他的老情人把婷婷当作生孩子的工具，放肆折磨她！到后来，我忍无可忍，决心出手拯救婷婷。

那天晚上，我磨了一夜的斧子。挨到清早，我带斧子顺着阳台外面的水管，往上爬到了齐天家的阳台，躲了差不多半小时，等婷婷进了洗手间，我迅速来到客厅。齐天当时正在低头吃面，根本毫无防备，我照着他的后颈使劲剁下去，一下就削掉了他的脑袋。正在沙发上看电视的杜鹃被彻底吓傻了，估计她都不知道怎么回事儿，叫都没来得及叫一声，我的斧子已经砍在了她的脖子上，鲜血喷了我一身。我又对着缺口的位置补了几刀，她的头才掉下来。我把他们的尸体在沙发上摆正，然后将头塞在了各自的手里抱着。我幻想着婷婷看到这一幕一定非常解恨。做完这一切，我迅速回到阳台，爬了下去。

我当然不想让婷婷知道我的存在，尤其是在这样一个场合。我打算等一切都过去，归于平静之时，再出来与她相认。我其实并不知道婷婷冒充我的真实目的到底是什么，但我相信她这么做一定有她的理由，而我能做的，只能是在黑暗中默默地保护她，就像十年前我为她做的一样。

从那天起，我一直跟着婷婷。我相信以我现在的身手，能打败任何企图伤害她的人。后来的事就不细说了。宋毅是我陷害的，我亲眼看着他丢下婷婷见死不救，这种人太需要受点教训了。于是，我找了个机会潜入他家，把凶器放在他家的橱柜里。我在网吧恐吓了简耀警官，并帮婷婷报了仇，毒杀古杰明和刘俊，还黑进了李元的电脑。那些他们干的坏事证据都是真的，只有那封“认罪书”是我伪造的。这样才能帮婷婷彻底洗刷掉嫌疑。

是的，所有的一切都是我一个人干的，胡婷婷对此完全不知情，即便是十年前的那起案子，婷婷也是受害者。除了用我的身份证活了十年，她没有干任何违法的事。她在我心目中，依然是纯洁、善良，并且需要保护的公主。永远都是。

因此，今天我来自首，一是想把真相说出来，以免无辜的人替我受罪，二是只为接受惩罚。法官大人，请您判我死罪吧，绞刑、电刑、枪毙、注射，什么都行，我只求一死，别无他想。

谢谢。我的认罪书到此结束。

落款：杀人犯，周冰。

21 为你做最后一件事

由于此案社会影响太过恶劣，一个月后，罪犯周冰便被执行了死刑。一切似乎已经尘埃落定。但只有我知道，这并非真相。

"婷婷。"

我看见周冰从石堆背后的阴影中走了出来。的确是她，体形硕大，戴着黑框眼镜，如同一头熊。她和胡婷婷站在一起，确实有几分相似，两人相同的个头，相近的造型和肤色，就连神态也有几分雷同，如果不是周冰浑身上下遍布发达的肌肉，一般人光看长相还真无法立即把她们区分开来。

"你出来干吗？"胡婷婷有些责怪地说。

"我不忍心看你一个人承担。"周冰说。

"看来我没猜错。周冰。"我刻意叫了她的名字，以此掩盖内心的激动。就在刚才胡婷婷准备离开的那一刻，我还真以为自己错了。

"你没猜错，我就是周冰。"周冰说，"不过已经晚了。"

“你放心，我现在不再是警察，也无心去翻案。我来也只是为了获得真相。”

“有句话说，好奇心太强的人都活不长。”

“但至少能死得瞑目。”

“你还想知道什么？”

“胡婷婷刚才说一切都是她干的，人都是她杀的。你的说法呢？”

“她骗你的。人都是我杀的，与她无关。”

“所以你们俩都参与杀人了？”

“不，你没明白我的意思。胡婷婷是无辜的，她是受害者，而我为了救她，保护她，杀了齐天和杜鹃，又毒死了她的仇人古杰明和刘俊。对了，在网吧卫生间，也是我偷袭的你。还有在闹市区，在派出所门口，也是我开车撞的你。”

“你是说，驾驶那辆‘衡C-20087’的司机是你。”

“那辆车是李元的，开始是他在开，后来他被古杰明灭口之后，我偷偷潜入他家，盗取了他电脑里的‘账本’资料，顺便偷了他的车钥匙。那辆车就停在他家楼下的停车场里。”

“虽然如此，我还是无法说服自己。你可以悄悄潜入齐天的家不被发现，并且迅速地砍下两人的脑袋。这不可能。”

“这世界上不可能的事情太多了。”

“我有一次去齐天家，仔细查看了客厅的窗户，窗外地势非常险，落脚的地方都没有。而且，齐天有锁窗户的习惯，毕竟他有这么多不愿让人知道的丑事。再说了，你虽然很健壮，但毕竟体形不小，想从窗户进去除非你会缩骨。”

“难不成我是从门进去的？”

“很有可能。而且是有人给你开的门。”

“胡说八道。”

“你被杜鹃药物控制，说明家里很可能有类似的麻醉药。”我看着胡婷婷说，“你也许找机会弄了点药，放进了齐天杜鹃的早餐里，将他们麻醉，然后给早已等候多时的周冰开了门。你们一起将二人的头砍下，然后逃离现场。”

“我不知道你在说什么。”胡婷婷表情有些紧张。

“你不承认也没关系。”我接着说，“你找机会把斧头放进了宋毅家，然后去医院打胎，故意留下宋毅的线索。因为你知道，警察一定会查到医院。

“噢，有个细节差点忘了。你说有人威胁你，‘交，或死’，但不知道别人要你交的东西是什么，其实你心里很清楚，因为那东西就在你手里——一枚藏有大量证据的象棋。也许就是你见王猛那天他给你的。

“你们潜入了李元家——这部分我相信刚才周冰说的——盗取了资料，偷了他的赃车。随后，你们拿着证据给古杰明打电话，反过来要挟他。别急着否认，我查过古杰明死亡当天的手机通话记录，有一个陌生号码来自黑龙江，通话时长有一分多钟，如果是骚扰电话，不可能聊这么长时间。

“我把这个号码发给在黑龙江的同行，你们猜查到了什么？没错，这个号码的注册名不是别人，正是周冰！

“事情开始变得有意思了。这让我不得不把调查重点放在周冰的身上。我在全国范围内仔细查阅了周冰这个身份证号码的出现情况。这十年里，周冰不仅在深圳打工，回到本县做了公交司机，还在黑龙江买了房，做了跆拳道教练，还有很多事情在时间上是重叠的。一个人时而出现在中国的最北方，时而又现身中国的最南方，这怎么可能？唯一的解释是，有两个人同时在使用周冰这个身份。

“再后来，我们就发现了古杰明和刘俊的尸体，以及那枚装满证据的象棋。老实说，这步棋下得不赖。但那封‘认罪书’确实有些多余，也暴露了这起案件明显是他杀而非自杀。当然，我的上级急于立功，迅速定案，这是政治博弈的结果，而不是你们的胜利。”

“看来，你还得多杀一个人。”胡婷婷突然面露凶光，看着周冰说道。周冰犹豫地从身后抽出一把匕首，却没有下一步动作。

“去，大饼，杀了他。”

周冰依然犹豫不决。

我放声大笑。

“你们大可以把我干掉，然后把我的尸体沉入这早已污染得不像样的水库里，让所谓的真相也跟着一起长眠水底。但你们的双手一旦再沾上新鲜的血液，新的案情追踪又会开始。我答应了我最好的朋友老陈，今晚去喝他儿子的喜酒，他知道我到这儿来了。如果我出了意外，他一定会誓死把你们抓住，这点毫无疑问。而你们也将陷入无休无止的逃亡生涯，即便没被抓住，这辈子也休想安宁！

“我非常理解你们，也知道你们做的都是该做的事情，杀的都是该杀的人，正义就是正义，正义击败邪恶毋庸置疑，无须多作解释。但作为一个曾经的警察，我有义务告诉你们，既然触犯了法律，就应该受到法律的制裁。正义需要法律的裁判，否则正义毫无意义。非法的正义将永远受到良心的拷问。”

“你还在等什么！大饼！快动手！你不听我的话了吗？”

“哐当”。匕首掉在了地上。

胡婷婷吃惊地看着满脸泪水的周冰。

“婷婷，算了吧。”周冰哽咽地说道，“你知道，我从来都不会反对你，你说的每一句话我都会听。你受欺负的时候，我会帮你教训欺负你的人；你说要报仇的时候，我会奋不顾身帮你杀人。我能为你做任何事情，因为你知道，我对你是怎样的感情。但这次，我希望你能收手，我们杀了太多人了。简警官是无辜的，我不想让自己的手上再沾上无辜生命的鲜血。你也一样。”

“但是他不死，我们都得坐牢！”

“婷婷，”周冰顿了一下，“你还记得十年前的那个下午吗？我们就躺在这里，看着白云蓝天，畅想十年后的模样。我那时候还开玩笑，叫你宋太太……”

“你现在说这些干什么！”

“婷婷，我还能为你做最后一件事。”周冰满怀深情地看着胡婷婷，“就让我来承担一切吧。”

ONE book

监　　制：韩　寒
策 划 人：戚开源　小　饭
出版统筹：戚开源　朱华怡
编　　辑：朱　琳　朱双南
特约编辑：谢　翔　向　可
策划推广：金怡玉玲　纪文超　韩　培
特约发行：王　鑫
特约印制：张春笛
封面设计：邵　年
封面插画：©Jennifer Burton
版式设计：欧阳颖

官方网站：wufazhuce.com
官方微博：@一个App工作室　@一个图书　@亭林镇工作室

图书在版编目（CIP）数据

影子里的恋人 / 慢三著. -- 成都：四川文艺出版社, 2017.3
ISBN 978-7-5411-4574-2

Ⅰ. ①影… Ⅱ. ①慢… Ⅲ. ①长篇小说－中国－当代 Ⅳ. ①I247.5

中国版本图书馆CIP数据核字（2017）第030175号

YING ZI LI DE LIAN REN

影子里的恋人

慢三　作品

责任编辑　彭　炜　周　轶
装帧设计　邵　年
封面插画　©Jennifer Burton
出版发行　四川文艺出版社（成都市槐树街2号）
网　　址　www.scwys.com
电　　话　028-86259287（发行部）　028-86259303（编辑部）
传　　真　028-86259306
邮购地址　成都市槐树街2号四川文艺出版社邮购部 610031
印　　刷　北京鹏润伟业印刷有限公司
成品尺寸　145mm×210mm　1/32
印　　张　7.75　字　　数　160千
版　　次　2017年6月第一版　印　　次　2017年6月第一次印刷
书　　号　ISBN 978-7-5411-4574-2
定　　价　39.00元